# ME DEJASTE ENTRAR

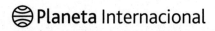

CAMILLA BRUCE

# ME DEJASTE ENTRAR

 Planeta

Título original: *You Let Me In*

© 2020, Camilla Bruce

Traducción: Alejandro A. Fonseca Acosta

Diseño de portada: Planeta Arte & Diseño / Estudio Peri
Fotografía de portada: iStock
Ilustración de portada:
Fotografía del autor: ©Lene J. Løkkhaug.

Derechos reservados

© 2020, Editorial Planeta Mexicana, S.A. de C.V.
Bajo el sello editorial PLANETA M.R.
Avenida Presidente Masarik núm. 111,
Piso 2, Polanco V Sección, Miguel Hidalgo
C.P. 11560, Ciudad de México
www.planetadelibros.com.mx

Primera edición en formato epub: noviembre de 2020
ISBN: 978-607-07-7318-1

Primera edición impresa en México: noviembre de 2020
ISBN: 978-607-07-7336-5

Tor® es una marca registrada de Macmillan Publishing Group, LLC.

Impreso en los talleres de Litográfica Ingramex, S.A. de C.V.
Centeno núm. 162-1, colonia Granjas Esmeralda, Ciudad de México
Impreso y hecho en México - *Printed and made in Mexico*

# Famosa escritora desaparece sin dejar rastro

Cassandra Tipp, la escritora de novelas románticas de 74 años, conocida por los célebres títulos *Soles dorados* y *Un deseo para Carrie*, está extraviada por lo menos desde el pasado mes de agosto, según las autoridades. Nada se sabe del paradero de esta prolífica autora, ni de por qué abandonó su hogar. La policía no tiene indicios, pero tampoco descarta la posibilidad de que haya sido víctima de un acto criminal.

No había forma de que el repartidor Brian Frost supiera que él sería la última persona en ver a la solitaria autora antes de su desaparición. La semana pasada, Cassandra Tipp se veía bien, incluso jovial, cuando recibió sus bolsas del mandado en la puerta de su casa en el bosque; le dio al señor Frost una generosa propina y le sonrió brevemente antes de entrar a casa con su avena y sus bolsitas de té. Desde entonces nadie más la ha vuelto a ver.

«No se veía nada triste», dijo el joven en relación con los rumores de que la escritora habría decidido quitarse la vida en algún lugar desconocido.

La policía de S– no está tan segura: quizá su pasado regresó para atormentarla.

«Ella tiene una larga historia aquí», aseguró el oficial William Parks. El oficial sin duda se refiere al juicio que siguió a la violenta muerte de su esposo hace 38 años, en el que Cassandra Tipp figuró como sospechosa. El juicio y sus secuelas impulsaron la carrera literaria de la señora Tipp, quien ganó fama en parte por el libro sobre el caso que publicó su terapeuta, el doctor V. Martin, *Extraviada entre hadas: un estudio de la psicosis inducida por trauma*, que lideró por un breve periodo las listas de los más vendidos.

La novela más reciente de la señora Tipp, *Espinas en noviembre*, publicada en junio del año pasado, fue muy aclamada y, como siempre, un gran éxito en ventas.

## Una vida atormentada

La familia de Cassandra Tipp también estuvo bajo los reflectores hace 27 años, cuando su padre y hermano murieron de manera trágica, en lo que se supuso fue un asesinato y un suicidio. La señora Tipp estaba distanciada de su familia en ese entonces, pero los efectos de la tragedia se sumaron a su considerable aura de *tristesse*. La novela que publicó ese año, *Un deseo para Carrie*, se convirtió de inmediato en una de las más vendidas.

«No sería justo decir que se benefició de la tragedia», dijo Miranda Hope, la crítica literaria y admiradora de Tipp, «pero ciertamente tampoco afectó sus finanzas. Todo el mundo quería saber lo que pasaba por su cabeza y sus novelas daban precisamente esa posibilidad, incluso si trataban sobre todo de romances subidos de tono y promesas de amor verdadero».

«Eso no quiere decir que no supiera escribir», continuó Hope. «No llegas a publicar 42 libros si no tienes un toque mágico».

Ahora parece ser que la siguiente víctima en la cadena de fatalidades que ha perseguido a su familia durante décadas es Cassandra Tipp, aunque no todos estén tan convencidos.

«Quizá ni siquiera esté muerta», declaró Olivia Blatten, hermana de la susodicha. «Siempre fue propensa al drama. Podría estar en cualquier parte, Francia o Italia, leyendo los encabezados sobre sí misma mientras bebe una copa de vino. Sería típico de ella. Destruyó nuestra familia. Usted sabe, nos arruinó con sus vergonzosas mentiras».

El hijo de la señora Blatten, Janus Blatten, juzgaba con menos severidad a su tía: «Ya no es tan joven como antes. Quizá solo quería retirarse de una forma que causara controversia».

La policía de S— no respalda esa teoría:

«Ella no ha estado en contacto con nadie desde la última semana de agosto», dijo el oficial Parks. «No ha habido ninguna actividad en sus cuentas bancarias ni llamadas desde su teléfono. No sabemos cuándo ni sabemos aún cómo, pero estamos convencidos de que Cassandra Tipp está muerta».

# INSTRUCCIONES EN RELACIÓN CON LA ÚLTIMA VOLUNTAD Y TESTAMENTO DE CASSANDRA TIPP

1. Únicamente los herederos nominales de Cassandra Tipp, Janus y Penélope Blatten, hijo e hija de su distanciada hermana, Olivia Blatten, pueden reclamar su patrimonio.

2. En caso de que Cassandra Tipp fallezca por causas naturales, o de forma accidental, su patrimonio se podrá reclamar de forma inmediata.

3. En caso de que Cassandra Tipp desapareciera, deberá transcurrir un plazo forzoso de un año natural, a partir de la última vez que se le haya visto o escuchado, antes de cualquier reclamo patrimonial.

4. Ante cualquiera de los sucesos anteriores, y a fin de que los herederos puedan asegurar la transacción patrimonial de Cassandra Tipp, deberán seguir los siguientes pasos:
   - Acudir a la residencia de Cassandra Tipp.
   - Entrar al estudio de la planta baja.
   - Leer el manuscrito que se les dejó sobre el escritorio.
   - Dentro del manuscrito hay un código que se le debe comunicar verbalmente al albacea, el señor Owen Norris, representante de Norris, Norris y Nesbit, para que su despacho dé validez a la solicitud.

5. Ya sea una o ambas partes pueden ejecutar el reclamo patrimonial.

6. Si alguna de las partes decidiera no reclamar la herencia, deberá comunicarlo mediante un documento escrito y debidamente firmado por la parte correspondiente y dos testigos. En tal caso, su mitad se le conferirá a la otra parte heredera.

7. En caso de no existir reclamo patrimonial por ninguna de las partes, el señor Norris procederá a vender todos los bienes y se asegurará de que los fondos recaudados beneficien a varias organizaciones (lista adjunta).

Firma
*Cassandra Tipp*

ESCRITO POR CASSANDRA TIPP

# I

Conduces por el camino de tierra entre viejos robles. Es octubre, así que supongo que debe estar lloviendo. Quizá también el viento sopla y caen hojas amarillentas en el parabrisas. Examinas con mucha atención los alrededores durante todo el trayecto; revisas tus espejos para encontrar indicios de vida, pero no hay nadie. Aquí no hay vecinos ni familias en un paseo de domingo. Solo están tu copiloto y tú ante el camino terregoso, el frondoso bosque que los rodea, árboles centenarios de troncos anchos y cortezas nudosas, raíces y ramas con formas intrincadas.

El camino termina justo frente a mi puerta, así que ahí se detienen. Se estacionan junto al gallinero vacío y, con expresión seria, miran durante largo rato mi humilde hogar. Janus, tú bajas del coche primero, te quitas los lentes de sol y te sacudes el cabello cada vez menos abundante. Tú, Penélope, frunces los labios y te proteges los ojos del sol con la mano, aunque está nublado. Tus zapatos de tacón se hunden en el suelo empapado, se embarran de restos de pasto amarillento y, tal vez, se les pega alguna vieja y maltrecha pluma de gallina.

Ninguno de los dos dice nada, creo, al menos no de inmediato. Parados ahí, miran por un rato la construcción de tres pisos; las múltiples ventanas, algunas cuadradas, algunas redondas; la pintura descascarada y con un ligero tono lila. Es una casa mágica, pero no es bonita. Es como un lujoso pastel de cumpleaños que se echó a perder y el glaseado rancio se le desprende de los bordes. Los manzanos y cerezos, que flanquean la casa por ambos lados, dejaron de florecer hace mucho tiempo y tocan las paredes con sus dedos ennegrecidos y afilados. En esta época del año sirven principalmente de hogar para las arañas. En las ventanas se ven sábanas con gastados encajes y pesadas cortinas de terciopelo verde.

Janus, tú sacudes la cabeza, le diriges una mirada cómplice a tu hermana y murmuras entre dientes: «La loca tía Cassie. No pensé que estuviera tan mal».

Entonces, suben cautelosamente al vestíbulo, pues no saben si el viejo piso de madera aguantará su peso. Janus, tú sacas la llave del bolsillo. Mi abogado te la dio esta misma mañana junto con una hoja de instrucciones escritas a mano. Tal vez se rio un poco cuando te la entregó e incluso se disculpó diciendo algo así como: «La anciana se puso un poco sentimental antes de desaparecer». Nunca le caí muy bien al señor Norris. El sentimiento es mutuo de todos modos.

Sin embargo, como ustedes son buenos chicos, nunca se les ocurriría no seguir las instrucciones que les dejé, y es por eso que están en la casa, atravesando con cuidado el piso de madera de mi vestíbulo. La cerradura de la puerta principal cede con un chasquido ante la llave y la puerta se abre de par en par con un crujido de bisagras. Penélope frunce la nariz al percibir el olor a viejo y a moho, ligeramente disimulado con lavanda y tomillo, que los recibe cuando entran.

En el pasillo, observas las hileras de sombreros, abrigos y chales que cuelgan de los ganchos en las paredes. Son espantosamente anticuados, ropa de anciana. Penélope sonríe cuando mira los sombreros de mimbre, con flores y frutas de cera adheridas al ala. Sus suaves dedos con uñas de color rojo burdeos pasan veloces de la empuñadura de mi paraguas negro al encaje amarillento de un chal. Desde joven he tenido inclinación por lo antiguo.

Janus no se entretiene. Da pasos rápidos y largos hacia el interior, escudriñando todo: las escaleras pintadas de negro que llevan al siguiente piso, el candelabro de cristal cortado con tres docenas de prismas, la puerta abierta de la cocina que deja entrever el piso a cuadros en blanco y negro. La nariz de Penélope se frunce de nuevo en cuanto imagina la alacena llena de comida rancia, pero no tiene de qué preocuparse, ya me encargué de todo eso.

En este punto yo creo que ya se les habrá destrabado la lengua:

—Una sacudida no le vendría nada mal —dice uno de ustedes, supongo que Janus, cuando entra a la sala y apoya ligeramente la mano en mi sofá color champán. Penélope camina directamente hacia los amplios libreros que abarcan desde el piso hasta el techo, sus uñas rojas recorren los viejos lomos de libros. Ella es bibliotecaria, después de todo, y para ella los libros son como la tierra prometida. Sus tacones altos dejan marcas en la duela.

—¿Y entonces, dónde está el estudio? —Janus mira alrededor con la hoja de instrucciones arrugada entre las manos. Se requiere que vayan al estudio, pero ustedes, pobres chicos, no saben en dónde está, así que se quedan allí, de pie, mirando alrededor de la habitación y esperando alguna señal o pista que les indique la dirección correcta.

—Estos son sus libros —dice Penélope, después de haber encontrado la fila de novelas de lomo color rosa en un estante aparte.

—¿Cómo una viuda sin hijos pudo escribir tanto sobre romance y amor? —tal vez pregunta Janus, mientras está de pie detrás de su hermana.

Penélope se encoge de hombros.

—A veces la ficción es mejor que la realidad, ¿no te parece?

—Quizá. —Encoge los hombros—. Aun así creo que es extraño.

—Creo que es incluso más extraño que justamente ella haya escrito esas cosas románticas, si consideramos…

—¿Si consideramos qué?

—De lo que la acusaron. Si es que es verdad.

—Eso fue hace mucho tiempo. —Janus no quiere pensar en eso. Esas cosas son desagradables e incómodas y él es un chico muy cuidadoso.

—Vamos, pues —dice Penélope—, encontremos ese misterioso estudio. —En este momento se le antojará un cigarrillo, estará ansiosa por terminar con esto para poder entregarse a su vicio. Ella sabe que le hace mal, por supuesto, como toda mujer moderna en un cuerpo que va envejeciendo, pero ni siquiera el que esté casi por llegar a los temidos cuarenta logra alejarla de sus queridos cigarros, no le importan las arrugas que le puede producir el fumar.

De vuelta al pasillo, solo queda una puerta por abrir, y helo ahí, finalmente el anhelado estudio; mi gran escritorio de roble, ya no tan pulido; máquinas de escribir escondidas debajo de gruesas cubiertas de plástico; una vieja y voluminosa computadora portátil, y ventanas enmarcadas por cortinas de terciopelo. Detrás del escritorio hay una amplia silla de mimbre, colmada de almohadones rígidos de seda verde, que hacen juego con el papel tapiz pintado a mano en el que las vides, de las que brotan hojas gruesas y brillantes, parecen bailar como serpientes encantadas. Penélope se abstrae por un instante y las repasa con las puntas de los dedos.

La mirada de Janus vuela más lejos y se detiene en las ramas de un árbol, en las hojas y guijarros que obstruyen los alféizares de las ventanas y en la víbora disecada montada en la pared, con escamas como uñas duras y ojos negros inquisitivos. Observa cada uno de los frascos de vidrio, llenos de flores secas, con algún insecto muerto, o hasta con rocas, alineados con cuidado en el estante detrás del escritorio; y luego, al final, ve esto: una pila de papel de color rosa, mecanografiado por esta humilde servidora, acomodado como un pastel listo para que lo corten y lo coman. Ninguno de los dos sigue mirando la habitación después de eso. Tienen los ojos fijos en ese bulto rosado.

—Ahí está —dice uno de ustedes.

—Eso debe ser —dice el otro.

La mano de Janus lo alcanza primero, las uñas rojas de Penélope le siguen con rapidez. Ambos leen sus nombres en la hoja superior. Penélope lo levanta.

Y ahora, aquí están. Parados en mi estudio, sosteniendo esta historia entre sus manos, la última que contaré. Eso significa que llevo más de un año desaparecida y que aún se desconoce mi paradero, ya que ese fue mi acuerdo con el señor Norris. En estas páginas está la clave para desbloquear mi última voluntad y testamento, la palabra secreta que hará que el señor Norris abra ese grueso sobre de papel manila y les diga cuán ricos se han vuelto. Si no la encuentran, no habrá premio alguno y mi dinero irá a otra parte.

Es un fastidio, lo sé. Pero a veces el mundo es cruel. Y ustedes quieren enterarse, ¿no? Quieren saber si las historias que su madre les contó son ciertas. Si realmente los maté a todos. Si estoy tan loca.

Esta es la historia tal como la recuerdo y ahora también es suya. Pueden guardarla, atesorarla u olvidarla, según les plazca. Como pueden ver, quería que alguien la conociera. Que se supiera mi verdad, ahora que me he ido.

Cómo sucedió todo y, al mismo tiempo, nada.

# II

Algunas veces me preguntaron por qué me quedé en S– después del juicio que siguió a la muerte del hombre que conocieron como Tommy Tipp. En ese entonces habría sido muy fácil esfumarse y mudarse a otro lugar, a un pueblo o una ciudad donde nadie me conociera. Una *tabula rasa*, tal como lo recetó el doctor Martin: hacer borrón y cuenta nueva.

Por supuesto, no me quedé en S– porque me gustara. Todos se quedaban mirándome cuando iba al supermercado a comprar carne molida y zanahorias. Durante meses mi nombre estuvo en boca de todos y mi rostro aparecía en las primeras planas. Los que antes no me conocían, ahora me reconocían inevitablemente. Pero, como entenderán más adelante, tuve mis razones para quedarme.

Las cosas no eran como parecían.

Tommy Tipp no era como ustedes creían.

Sé que les caía bien, él siempre fue bueno con los niños. Recuerdo que a ti, Janus, te llevaba a pescar, y contigo, Penélope, rodaba sobre el pasto. Una vez juntaste flores para dárselas, ¿recuerdas, Penélope, esas margaritas y campanillas? Incluso tu mamá de vez en cuando era amigable con él. Me dijo que estaba muy contenta de que por fin hubiera hallado una pizca de felicidad, de ver que senté cabeza, aunque fuera con Tommy Tipp.

Olivia y sus amigas no salían del asombro, e incluso mamá, creo, no daba crédito a que Tommy me hubiera elegido a mí. Era extremada y peligrosamente guapo; tenía un radiante pelo rubio y unos ojos azul profundo, un cuerpo esbelto y piel bronceada. Era el hombre con el que soñaban de noche todas las mujeres de S–, mientras dormían abrazadas de sus maridos. Él era el objeto de una dulce lujuria culposa que no podían contener, sin importar cuán respetables, recatadas o exitosas fueran. Tommy Tipp podía encender ese fuego en vírgenes y viudas por igual. Las mujeres casadas eran su especialidad; eran presa fácil y no implicaban ningún riesgo. Así era como se ganaba la vida antes de conocerme: acostándose con cualquiera a cambio de regalos y favores. Era experto en hacer citas secretas diurnas y en convencer a cada una de sus conquistas de que era la única. Por supuesto, todos sabíamos que había estado en prisión, que su pasado estaba marcado por la violencia y los robos. S– es un pueblo pequeño. Pero ¿quién no ama a un villano redimido, un ángel con la seductora mancha del pecado? Yo nunca estuve tan ciega, no lo deseé por esa dosis de peligro que implicaba relacionarse con él; para qué si yo ya tenía un amante temerario, ya conocía el sabor del pecado. Por lo tanto, era de esperar que las mujeres se enfurecieran tanto cuando encontraron en el bosque su hermoso cuerpo sin vida.

Pero voy demasiado rápido, todavía no llegamos a ese punto. Antes de eso sucedieron muchas cosas.


Antes de continuar hay algo que deben saber: nunca fui una niña *buena*.

Nunca fui obediente ni dócil como su madre. A ella le encantaban los elogios, y los ojitos le brillaban cuando le decían que había hecho algo bien. Era delicada y agradable, en tanto que yo era la torpe, flaca e incómoda hermana mayor. El cabello de Olivia brillaba como cobre lustroso; el mío era ondulado y oscuro. Su piel era blanca como la leche; la mía estaba manchada de pecas, pero, por supuesto, el que una chica tenga la piel llena de manchitas no la hace mala en sí. Eso va mucho más allá: eso se lleva en la sangre. Algunas personas simplemente nacimos torcidas.

Su madre les debe haber dicho que nunca tuvimos una relación cercana. Que no nos parecíamos en nada. No quería ni acordarse de mí, en especial luego de los rumores y, por supuesto, después del juicio.

Aunque yo lo recuerdo de manera diferente. Recuerdo las vacaciones de verano que pasamos junto al mar, luciendo sobre el pecho nuestros dijes dorados en forma de anclas. Nos recuerdo mirando a través del agua cristalina en pozos poco profundos, persiguiendo cangrejos y recogiendo conchitas marinas. Recuerdo la sensación de la arena entre los dedos de los pies y el sabor dulce del helado derritiéndose en mi lengua. Recuerdo un pastel en el vestíbulo, rebosante de frutas incrustadas. Mientras tanto, el sol se ponía ante nosotras, sangrando una luz dorada que transformaba sus cabellos en un río cobrizo y convertía su piel lechosa en un tono más oscuro y suave.

En mis recuerdos también están las muñecas de piel pálida y cabello negro que recibimos una mañana de Navidad, la casita que les construimos debajo de la mesa usando los manteles del comedor como si fueran paredes blancas, hueveras en vez de cálices y almohadas de seda que harían las veces de tronos. Estábamos jugando a que las muñecas eran dos princesas medievales, así que juntamos rosas del jardín y con los tallos espinosos formamos coronas, con las que adornamos sus cabellos; y nuestro hermano, Ferdinand, llevó su grabadora y la hizo sonar con entusiasmo, e incluso con cierta fascinación, para darles serenata.

Recuerdo que reímos juntas, como hermanas, eso y otras cosas.

Olivia seguro les habrá dicho que eso nunca pasó.

Quizá ya lo olvidó.

# III

Mamá era una mujer severa, tal vez no fue muy feliz. De joven su cabello era una nube de rizos dorados y pintaba sus labios de un tono rojo intenso. Su cuerpo era ágil y muy delgado. Le gustaba usar faldas entubadas de color azul oscuro o rojo brillante y suéteres de cuello amplio, rayados o punteados. Las joyas que usaba a diario eran piezas de vidrio de colores puros engarzadas en armazones baratos y perlas de metal pulido. Usaba zapatos de tacón grueso, no de aguja ni muy altos, con medias de nylon que nunca se rasgaban.

Papá era un hombre grande de labios carnosos y mejillas como de basset hound. Su piel era de un tono entre escarlata y azul. En las mejillas parecían brotarle estrellas, como de fuegos artificiales, por los vasos sanguíneos reventados. De más joven solía ser boxeador, pero cuando llegamos nosotros, su camada de cachorros, se convirtió en un vendedor dedicado a perfeccionar el gusto por el vodka.

A veces me los imagino encontrándose junto al *ring*, con el piso manchado de sudor, escupitajos y salpicaduras de sangre carmesí. En ese entonces él estaba en forma, los músculos de su cuerpo estaban firmes y su piel era brillante. Ella poseía una figura torneada y joven, toda labios y tetas. A veces quiero creer que estuve allí cuando se conocieron, oculta en la abrasadora y oscura caverna del vientre de mi madre. Cuando era niña, deseaba intensamente que así hubiera sucedido. Ya de adulta solo especulaba al respecto. Sin embargo, lo cierto es que llegué a este mundo demasiado pronto, poco después de que se casaron.

Mamá aportó al matrimonio algo de dote. Ella siempre tuvo clase, si bien no el cerebro para actuar de manera inteligente. El suyo era dinero de otros tiempos, dinero de embarcaciones, impregnado del sudor y el trabajo de otros. Y como era la hija única de un hijo único, el dinero era suyo por derecho. Eso, creo yo, la hacía sentir merecedora de respeto y de que tenía algo que perder. Tenía una imagen fija de quién creía que debía ser y quiénes debíamos ser todos; es obvio que enamorarse de un boxeador no estaba en sus planes. Me imagino que se conocieron cuando ella estaba pasando por una fase pasajera de subversión contra las limitantes sociales.

Él era diferente, un hombre sencillo, alimentado por una ira silenciosa. Estoy segura de que no fue casualidad que terminara en ese *ring*. Si no hubiera conocido a mi madre, quizá le habría bastado con trabajar en los muelles para ser feliz. En cambio, mi padre vendía cosas: sobre todo maquinaria agrícola costosa y cortadoras de pasto. Nuestra casa era muy blanca y tenía un hermoso jardín. Contábamos con ayuda porque a mamá le había quedado la espalda lastimada por cargarnos cuando éramos niños. Todo estaba siempre impecable, con todos los floreros llenos de flores frescas y todos los espacios inmaculados, sin rastro alguno de desorden. Creo que ella necesitaba eso para mantener la calma, sentir que tenía una pizca de control. Yo siempre la veía como una cuerda excesivamente tensa que reventaría tarde o temprano y todos estaríamos en problemas.

Mi hermano menor, Ferdinand, era un niño reservado que ocultaba sus emociones. Tenía el cabello color miel y las mejillas sonrojadas. Era bueno para el ajedrez, pero ninguno de mis padres vio ningún valor en ello. Practicó esgrima por un tiempo, pero creo que las armas lo asustaban. Siempre me puso nerviosa el silencio de ese niño, o tal vez solo lo digo ahora que sé lo que sucedió después.

Y luego estaba Olivia con sus mejillas redondas, dulce como mazapán, protegida por su propio resplandor. Era la imagen que mi madre tenía en la mente cuando pensó en tener hijos. Tuvo que hacer tres intentos para conseguir uno así. Sin embargo, me imagino que lloró cuando se dio cuenta de en qué se convirtió su hija. Nunca habría imaginado que su hija adorada se volvería tan aburrida, ni que pagó esas lecciones de ballet y clases de actuación para que terminara siendo solo un ama de casa. Esperaba mucho de ella, creía que Olivia haría las cosas que ella no pudo hacer por habernos tenido a nosotros. Se suponía que se convertiría en alguien importante, que llegaría a ser una estrella de cine o una mujer de mundo y asistiría a comidas lujosas, organizaría eventos para recaudar fondos para huérfanos y sus pies, calzados con zapatos muy finos, harían resonar sus pasos en suelos de mármol.

Olivia me culpa por la manera en que terminaron las cosas. ¿Cómo podría haber cumplido con tales expectativas si tenía mi mala fama en su contra?

Yo le arruiné todo, ¿verdad? La obligué a permanecer en las sombras.

Los obligué a todos a permanecer en las sombras.

No me siento mal por ello.

Nunca tuve otra opción, lo saben, y aunque la hubiera tenido, no estoy segura de que habría actuado diferente. Siempre hubo una distancia entre ellos y yo. Ellos no vieron lo que yo vi, ni sabían lo que yo sabía. Y tal vez haya algo de resentimiento en ello, porque mi madre, por su torpeza, nunca se dio cuenta de hasta qué punto me vulneró todo aquello. Yo era como una cáscara de huevo crudo, frágil y quebradizo, demasiado fácil de romper.

Nadie cuida a las chicas malas. La hija rara se tiene que valer por sí misma; por ello es tan fácil que se escape y vaya a parar a los lugares más sombríos del mundo. Por eso es fácil que se pierda, que sea depredada.

Las chicas buenas huelen a mandarinas quemadas para quienes tienen malas intenciones: son fragantes, pero amargas, repelen. En cambio, las chicas malas como yo huelen a manzanas maduras, al alcance de la mano, sabrosas y fáciles.

Nadie las extraña en absoluto.

Aun así, me habría servido la protección materna.

# IV

Lo recuerdo así: se escuchó un horrible sonido cuando la maceta se estrelló contra el piso. Yo tenía cinco años en ese entonces, estaba parada al lado de la ventana de la sala; la abundante luz fluía hacia el interior y las delgadas cortinas blancas se mecían con la brisa. Mi acompañante, mi único amigo, me sonrió, mostrando todos sus dientes.

Lo llamé Pepper-Man por el denso olor a pimienta que emitía, el cual me alertaba de su llegada. Por lo regular aparecía a los pies de mi cama, sentado con las piernas cruzadas, acicalándose el pelo con su peine de hueso, haciendo figurillas en forma de animales o coronas de ramitas entretejidas para regalarle a su nenita.

Su piel era grisácea y sarmentosa, con verrugas apiñadas en los pliegues de las articulaciones y largo pelo albino que le caía casi hasta las rodillas, andrajoso y seco como la paja vieja. Era muy alto y sus dedos eran largos.

Acababa de empujar la maceta que mamá recién había colocado en el blanco alféizar de la ventana y en ese instante sus ojos oscuros, color de musgo, miraban expectantes y curiosos hacia la puerta.

Los labios negros de Pepper-Man dejaron entrever sus dientes cuando mi madre entró en la habitación. Los jirones grises que cubrían su cuerpo desgarbado se mecieron con el movimiento de la puerta.

—Ay, Cassie —dijo mi madre con los brazos en forma de jarra sobre la falda azul marino—. ¿Por qué sigues haciendo estas cosas? Te dije que dejaras las macetas en paz —añadió con la mirada fija en la petunia roja, los pétalos marchitos entre la tierra y los tiestos de la maceta rota.

—Yo no fui. —Mis manos sudorosas alisaban el vestido amarillo de verano—. Fue Pepper-Man.

—¡Ah, y vas a seguir con eso! —Cruzó la habitación taconeando sobre las tablas de madera con sus zapatos de media altura—. ¿Y dónde está Pepper-Man, entonces? ¿Voló por la ventana? —Se inclinó para recoger los filosos restos de la maceta. Mi amigo se elevaba sobre ella, inmóvil, con su habitual mirada llena de curiosidad y la sonrisa plasmada en los labios negros.

—No —dije, sin aliento, viendo cómo el cabello rígido de mi madre casi rozaba el cuerpo de Pepper-Man al levantarse.

—Ya eres una niña grande, Cassie —dijo mi madre—. Creo que ya va siendo tiempo de que dejes de culpar a otros por tus errores. Es la quinta maceta que rompes esta semana, ¿por qué no las dejas tranquilas? ¿Qué te han hecho las pobres plantas?

—Nada —murmuré mirando al suelo, hacia los lustrosos zapatos negros de mi madre que contrastaban con los dedos torcidos de los pies de mi amigo. Solo quería que Pepper-Man se fuera, no se podía confiar en él cuando había gente presente. Era caprichoso y hasta cruel, demasiado curioso con todo. Ahora su mano casi alcanzaba la cabeza de mi madre; sus dedos flexionados se frotaban entre sí, con las largas uñas extendidas en el aire—. Son estúpidas —dije rápidamente para captar su atención y alejarla de los dedos de Pepper-Man—. ¡Odio las flores! ¡Son flores estúpidas! ¡Son feas, son rojas y las odio! —Me di la vuelta, agarré otra maceta del alféizar, esta vez cubierta de flores blancas muy abiertas, y la aventé al suelo con fuerza. La tierra se esparció por todos lados. Esta maceta no se rompió, pero rodó por el piso hasta llegar a los pies de mi madre. Pepper-Man retrajo la mano.

—¡Cassie! —exclamó mi madre mientras dejaba caer los filosos fragmentos que había recogido, los cuales cayeron en el piso sobre el montón de tierra y hojas—. Mira lo que causaste. —Me mostró su dedo. Profusas gotas de sangre le escurrían por la blanca piel hasta llegar a sus anillos dorados.

—Muy bien —dije e hice un desplante con el pie. Las fosas nasales de Pepper-Man resollaron y su lengua negra salió de entre sus labios. Le gustaba mucho la sangre. Se emocionó como un perro frente a un hueso. Al verlo mirar de esa forma a mi madre sentí como una puñalada en mi pequeño pecho, así que corrí. Pasé rozándola, derramando lágrimas, y azoté la puerta detrás de mí; subí las escaleras, mis pasos retumbaron de camino a mi cuarto, hasta que me tiré sobre la cama y dejé que las lágrimas empaparan el colchón.

Pepper-Man ya estaba ahí, tal como yo esperaba. El fin de aquella farsa era distraerlo de mamá. Se sentó sobre mi colcha tejida, tarareando una suave melodía, entretejiendo, torciendo y dando forma a las ramitas de abedul con los dedos. No volteó a verme, aunque no tenía que hacerlo.

La nuestra era una relación íntima.


No recuerdo un mundo sin Pepper-Man. Siempre ha estado cerca de mí, yendo y viniendo, pero siempre ahí, conmigo. Unas veces representa una amenaza, otras veces felicidad. Pepper-Man es muy longevo.

En una ocasión me contó que la primera vez que me vio yo estaba jugando a orillas del río. Él iba flotando río abajo, me dijo, cuando vio mi cabello reluciente en la pradera. Mis padres, en ese entonces jóvenes y aún enamorados, estaban haciendo un picnic cerca. Dice que los vio comer sándwiches y peras, y tomar té de una tetera de porcelana decorada. Estaba navegando, montado en una hoja de roble, cuando me vio sentada sola, con las mejillas redondas y regordetas. Me deseaba, así que saltó.

Cuando le dije que no le creía que me hubiera deseado así nomás, sin ninguna razón aparente, se rio y me dijo que todos los de su especie deseaban un cabello como el mío para acariciarlo, trenzarlo y jugar con él, pero que quizá yo tenía razón.

Después me dijo que en realidad estaba viajando por el cielo, como un cuervo, y sus ojos de ave rastreaban el suelo en busca de una presa. Que estaba muy hambriento de carne. Entonces me vio, yo era apenas una bebé, acostada sola fuera de nuestra casa. Se agachó y se encaramó sobre el borde de mi canasta, con las garras aferradas a la orilla. Pensó que yo tenía los ojos más encantadores que había visto y se preguntó qué sabor tendrían. Pero justo entonces mi madre salió y lo ahuyentó. Decía que por eso se quedó conmigo y, que aún se preguntaba qué sabor tendrían mis ojos y cómo se sentirían al irse deslizando por su garganta.

Tampoco le creí eso del todo y se lo dije. ¿Por qué esperó tanto tiempo para comérselos, si mis ojos se le antojaban tanto a su estómago? Él se volvió a reír, me dijo que quizá tenía razón, que más bien yo me había tropezado con una colina de hadas y que él estaba paseando cerca de allí, concentrado en sus asuntos, cuando escuchó el terrible lamento de alguien en el suelo. Era yo, con las rodillas raspadas, las manos sucias y mi vestido blanco maltrecho. Se sintió mal por mí y me quiso hacer algo lindo, como una guirnalda de flores o una corona de ramitas, pero entonces mis padres llegaron corriendo y me llevaron, acallándome, besándome y sobando mis heridas. Él me siguió hasta la casa y desde entonces se dedicó a darme regalos.

También me cuenta otra historia según la cual él y yo somos semillas de la misma vaina, hermanos en espíritu, si no de la misma carne, y que estamos unidos para siempre por lazos indisolubles. Él y yo somos iguales aunque no tengamos el mismo ADN. Siempre hemos estado juntos y así permaneceremos.

Por ahora no hablaré de esa otra versión de la historia, la que fue lanzada con tanto descaro durante el juicio del asesinato para que todos la oyeran. Ya habrá tiempo después para eso. Esta historia, a diferencia de las anteriores, no estaba entre los cuentos infantiles que me contaba para dormir, mientras me arrullaba entre sus fuertes brazos y yo respiraba recostada en su pecho erguido, con su cabello seco como manta y su aroma a pimienta como consuelo, sintiendo como papel el fino cuero de sus orejas puntiagudas cuando, con las yemas de los dedos, acariciaba su silueta sobre el encaje de mi almohada. Su voz resonaba solo en mi cabeza, como el suave susurro que hace el viento cuando mece las hojas. En esos momentos yo solía entrecerrar los ojos y navegar por el sonido de su voz, perdiéndome en esa cadencia. Ese abismarme en él me dejaba la sensación de haber estado sumergida bajo el agua. Un repiqueteo comenzaba en la base de mi columna y se abría paso a través de mi cuerpo, empujaba y empujaba, entre repiqueteos y temblores, hasta partirme y liberarme presurosa de mi propia piel; corría veloz cual relámpago luminoso a través del techo hasta alcanzar el cielo, al tiempo que se me revelaban imágenes y sonidos. Veía gente que nunca antes había visto caminando por calles desconocidas. Una vez vi a una señora con un abrigo negro que husmeaba en su bolso, de pie sobre un empedrado y rodeada por edificios de ladrillos. Después vi a un hombre con una corbata color mostaza, persiguiendo un autobús azul. El conductor del autobús lo miró de reojo por el espejo y siguió conduciendo, mientras el hombre hacía una rabieta con los pies y aventaba el sombrero al piso. Vi a unos niños con la piel tostada en un patio de recreo, vestidos con uniformes grises y saboreando suaves dulces. Y también otras cosas que se enroscaban y retorcían entre las raíces de árboles antiguos: pálidas serpientes y ancianas que lamían un jugo negro emanado de los troncos, hombres con cabeza de cabra que corrían por el bosque y jovencitas que chasqueaban con la mandíbula mientras daban vueltas con sus vestidos de tela de araña en secas y bochornosas cuevas subterráneas. Algunas veces estuve también en el mar, meciéndome con las olas, con los labios con sabor a sal y algas en los cabellos, moviéndome al compás de las sombras a mis pies.

Cuando despertaba de estos viajes, Pepper-Man siempre estaba ahí, con los dientes enterrados profundamente en mi cuello. Levantaba la cabeza para susurrarme al oído: «Te amo, Cassie, en verdad. Eres más deliciosa que el árnica y los más selectos vinos».

En una cena de domingo fue mamá quien sirvió el vino y dejó que se derramara por el borde y cayera sobre la mesa. Tenía los labios cubiertos de carmesí o, más bien, de plastas de carmesí. Había pollo, puré de papas y pudín de caramelo para el postre. Para entonces yo ya tenía ocho años.

—Come —me gritó. Sus ojos brillantes y azules me recordaron el vitral de la iglesia, el que tiene a la virgen María con el niño, aunque eso es en lo único en que se parecen. Las perlas, frías esferas blancas, brillantes y duras, pendían alrededor de su cuello, se mecían hacia adelante y hacia atrás entre sus senos.

—¿Qué hizo Cassandra ahora? —preguntó papá.

Mamá levantó las manos con un gesto de exasperación.

—¡Bueno, pues mírala! Mira ese pelo. ¿Por qué no puede al menos tratar de peinarlo antes de ir a la iglesia?

A decir verdad, ya me había dado por vencida con el cabello. Pepper-Man seguía enmarañándolo por la noche, trenzándolo y rizándolo, e incluso lamiéndolo con su larga lengua negra.

—¿Qué importa eso? —Los ojos de papá estaban inyectados de sangre, tenía la corbata torcida.

—La gente pensará que tengo un zoológico —dijo mamá—. Pensarán que no tengo control sobre mis hijos. —Le tembló la mano mientras buscaba la sal.

—El cabello de Cassandra no tiene nada de malo —dijo mi padre.

—¿Nada de malo? Es un desastre. Y no es solo el cabello. Su ropa está manchada y sus rodillas están todas moreteadas. ¿Por qué no puedes ser más pulcra, Cassie? ¿Por qué siempre lo arruinas todo?

—Cassie es mala —intervino Olivia, de solo cinco años. Balanceó los pies debajo de la mesa y me golpeó las rodillas magulladas.

—Así es, Olivia. —La voz de mamá sonó dulce, pero no cálida; extendió una servilleta de lino entre los dedos y la jaló hasta tensar la tela—. Prométeme que nunca serás como tu hermana.

—Nunca seré como mi hermana —dijo Olivia. Sus impecables trenzas estaban adornadas en las puntas con moños de terciopelo.

—Tal vez está esperando que algún pájaro venga volando y anide ahí. —La voz de mamá rayaba casi en la histeria mientras volvía a mirar mi cabello. De repente se rio o lloró; era difícil saber la diferencia.

—Tal vez no es bueno que tomes tanto vino —sugirió papá.

—¡Tal vez no necesitaría todo este vino si ella se supiera comportar! —exclamó sin mirarme siquiera.

Ferdinand, quien tenía siete años en ese entonces, revolvía la comida del plato con el tenedor.

—No me siento bien —dijo—. ¿Me puedo levantar de la mesa?

—No —espetó mamá—, no te puedes levantar. Tienes que quedarte y comerte tu pudín.

Algo sombrío se reflejó en la mirada de papá.

—Está bien —le dijo a Ferdinand—. Puedes retirarte.

—¿Qué? —gritó mamá—. El domingo pasado hizo lo mismo…

—Y tú tomaste demasiado vino también ese día y la agarraste contra Cassandra, tal como lo estás haciendo ahora.

—Bueno. —Mamá se levantó de su silla, la servilleta voló hasta el suelo—. Después de todo, alguien tiene que disciplinarla.

Entonces papá comenzó a reírse. Su risa producía un sonido profundo y aterrador, como los primeros truenos en un cálido día de verano.

# V

«¿Y esto qué tiene que ver con la historia que nos estás contando?», seguramente se preguntarán. Esta no es la historia que esperaban leer, creían que leerían la última confesión de una pecadora arrepentida que lloraría al escribir estas páginas, admitiría sus fechorías e imploraría perdón. Pero en cambio leen solo esto: unas memorias de infancia. Lo siento, lamento decepcionarlos, pero la verdad es que no puedo recordar el mundo sin Pepper-Man y su presencia fue el comienzo de todo.

Ya llegaremos a los cuerpos un poco después.

Lo que recuerdo de la escuela primaria es una cadena de días con dolor de panza e insomnio por el miedo de que mis compañeras o profesoras se dieran cuenta de que había algo extraño en mí y adivinaran cómo pasaba mis noches. Sabía que, si lo averiguaban, me regañarían y me castigarían igual que lo hacía mi madre. Piensan que por eso me volví retraída, ¿no?, que fue por eso que permanecí en las sombras, pero no, no fue así. Eso solo me causaba cólera.

No fue fácil integrarme teniendo un amigo como Pepper-Man. Las otras niñas de S– eran criaturas sensibles, con sus rizos siempre peinados a la perfección, vestidas con encajes y con modales impecables. Eran como Olivia, bondadosas hasta la médula. Mi madre fue muy tajante cuando me dijo que nunca debía hablar, dibujar ni expresar de ninguna manera la existencia de mi espectro. Así que guardé silencio sobre mis visitas al bosque, sobre las marcas profundas en mi carne y sobre los huesos y plumas que recibía como regalo.

—Pensarán que estás loca —me dijo—. Pensarán que estás loca y luego te encerrarán.

No quería eso, por supuesto, así que hice todo lo posible para cumplir sus reglas. Pero no fue fácil. Mi vida transcurría entre dos mundos: el que todos podían ver y el que estaba prohibido. A ningún niño se le debe someter a un destino como ese. Es una carga brutal y desgastante. Todo el tiempo se experimenta la sensación de vergüenza y de estar mal.

Y además vivía con la constante preocupación de que Pepper-Man lastimara a alguien. Mi amigo era un loco con correa, a quien debía pero no podía controlar. Era una misión difícil para una niña tan joven, una gran responsabilidad.

Recuerdo la cara pálida de mamá cuando el padre de una de mis compañeras tocó a nuestra puerta llevando a su hija llorando en sus brazos. Un día que Pepper-Man me acompañó a la escuela lo sorprendí mirando fijamente a esa niña, Carol, que jugaba en el patio de la escuela bajo la luz del sol que iluminaba sus rizos color mantequilla. Vi que Pepper-Man se detuvo junto a la verja de hierro forjado y la miró durante mucho tiempo. El hambre que vi en su mirada me preocupó tanto que decidí lastimarla yo para no darle tiempo a él de hacerle una corona y hundirle los dientes en el cuello.

Yo tenía nueve años y ese fue uno de los peores que me tocó vivir. Todo ese invierno Pepper-Man se había comportado como una bestia enfurecida, siempre merodeando a mi alrededor. Con frecuencia me quedaba dormida con sus dientes clavados en mi cuello. Se comía con los ojos a las jóvenes amigas de mi hermana, con sus rostros lozanos, e incluso a la misma Olivia y sus fulgurantes trenzas de cobre. No importaba con qué frecuencia me hincara el diente, parecía nunca calmar su sed. No importaba lo que hiciera para apaciguarlo, que le dijera cuánto lo amaba, cuánto significaban sus dones para mí, él no estaba satisfecho. Creo que grité, golpeé y azoté a esas chicas para evitar que lo hiciera Pepper-Man. Después de todo me había prometido que solo me necesitaría a mí, me había dado su palabra de que yo sería su única princesa. Las marcas rojas que dejé en la piel de esas niñas eran signos de advertencia; el dolor que mis puños pequeños, pero duros, y mis dientes y mis uñas podían infligir al rasguñar en realidad no era nada en comparación con el dolor que él les podía llegar a producir.

—¿Cómo te atreves? —me gritó mamá, furiosa y con la cara enrojecida, mientras leía otra carta en la que mi profesora me acusaba—. ¿Cómo te atreves a arruinar nuestra reputación así? ¡Peleando como una rata callejera! ¡Van a pensar que no tienes modales, que no tienes el más mínimo decoro!

Yo estaba lavando frijoles junto a la mesa de la cocina, guiada por la mano severa de Fabia, nuestra ama de llaves. Pepper-Man estaba sentado en el mostrador de la cocina, o más bien despatarrado, con sus largas extremidades extendidas sobre la superficie limpia; parecía una araña gris y larguirucha. No le dije ni una palabra. ¿Qué podía decirle?

Mamá sacudió la cabeza; ya ni siquiera parecía tan enojada, sino más bien asustada o triste.

—Esto no va a terminar bien, Cassie. Ni para ti, ni para nadie. Solo piensa en tu hermano, en el pesar que le causan estas cosas; no le sienta bien la agitación que produce todo esto.

Asentí con la cabeza una vez. Las dos sabíamos que se avecinaba la tempestad.

—Creo que estás celosa —dijo Pepper-Man esa misma noche, mientras me abrazaba—. No quieres que pruebe a nadie más, quieres que solo te tenga a ti.

Me ruboricé bajo las sábanas. No quería que fuera verdad.

—Las lastimarás —le dije—. Las harás sangrar.

—Pero tú también lo harás, mi amor.

Tal como dije antes, dos semillas de la misma vaina. Siempre fuimos iguales, mi Pepper-Man y yo.


Tendría que hacerme infeliz que las otras chicas no me quisieran, pero no era así. Tenía muchos otros amigos con quienes pasar el tiempo, y eran mucho más entretenidos que mis compañeras de clase. Tenía entre siete y ocho años la primera vez que Pepper-Man me llevó a ver a sus parientes. Era el inicio del otoño, las hojas de los árboles se empezaban a teñir de amarillo. Creo que era un sábado, ya que estaba en casa en vez de la escuela, pero tampoco había ido a la iglesia y la familia se estaba preparando para una cena esa noche. Mamá, como siempre tan perfeccionista, tenía la misión de hacer que nuestro hogar estuviera impecable antes del importante evento. Por lo tanto, tanto ella como Fabia esculcaron mi habitación. Quitaron todos los libros de mis estanterías y los colocaron en hileras coloridas sobre la suave alfombra blanca del piso. Las heroínas de cabello dorado y labios rojos, y sus compinches de cabello oscuro, me sonreían desde las sábanas. Mamá y Fabia estaban buscando lo que podía estar escondido tras ellas.

—¿Por qué sigues haciendo esto? —se quejó mi madre, mientras aventaba coronitas de abedul y roble, y joyas de hueso y piel, que caían al suelo junto a mis pies. Fabia sostenía entre dos dedos la mitad de la cáscara de un huevo de petirrojo, tapándose ligeramente la nariz. Miré hacia abajo. Había un brazalete de hojas secas de frambuesa, un anillo hecho con una vértebra de ciervo, un collar de ancas de rana y espinos. Fueron los rastros de estos regalos los que los delataron. Mi madre no podía soportar la suciedad, y los elementos de la naturaleza tienden a dejar rastro, en especial en una habitación tan blanca.

Me quedé callada y solo me mordí el labio inferior. Sabía que no serviría de nada decirles la verdad. A medida que crecía, mi madre era menos paciente con Pepper-Man y sus travesuras, decirle que estos eran regalos suyos solo la enfurecería más.

—Podemos comprar unas bonitas cuentas de vidrio —dijo—. Si realmente quieres hacer cosas, hay clases para eso. Podrías aprender bordado o tejido de punto.

Fabia se agachó y se asomó debajo de la cama, con el cabello castaño recogido meneándose y su escuálido trasero sobresaliendo en la habitación.

—Ay —dijo al sacar un montón de nuevos hallazgos: ojos de búho, secos y arrugados, en un nido de ramitas entretejidas, una corona hecha de agujas de pino y madera de manzano y un pájaro hecho de serbal y margaritas.

—Si quieres seguir corriendo sola en el bosque, debes dejar de traer estas cosas a casa —dijo mamá—. ¿Para qué quieres todas estas cosas muertas? No son bonitas, Cassie. Son repugnantes.

No la contradije.

Fabia se persignó mientras arrojaba un collar de garras y dientes sobre el creciente montón. Mamá la sorprendió en pleno gesto.

—No seas tonta —dijo secamente—. Ya estaban muertos cuando Cassie los encontró, ¿no es así, Cassie? —Asentí con la cabeza—. Ella no está tan loca —murmuró mamá, mientras me lanzaba una mirada furiosa. Luego deshicieron la cama, arrojaron todo al suelo, almohadas mullidas en fundas de encaje, sábanas y colchones—. ¡Ay, Cassie! ¿Otra vez? —se quejó mamá cuando vio las manchas de óxido que yo había tratado inútilmente de ocultar, primero frotando el colchón con una toallita y luego dándole la vuelta—. No entiendo de dónde viene esto. ¿Por qué no me lo dices? —Me estaba mirando, buscando costras en mi piel. Me rasqué el cuello, sabiendo muy bien que, al igual que el propio Pepper-Man, ella no podía ver el daño causado. Pero yo sí. Todos los días frente al espejo podía ver las huellas de su amor, marcadas en mi piel en forma de profundos pinchazos. Las heridas eran parte de mí, tanto como el color de mi cabello o las pecas en mi nariz; ahí estaban y no había nada que pudiera hacer al respecto.

Fabia captó la mirada de mi madre y apuntó con discreción a su región inferior.

—No, no, no —mi madre negó con la cabeza—, es demasiado pronto para eso. —Fabia me dirigió una mirada prolongada, sacó del bolsillo de su delantal un par de guantes de goma amarillos y comenzó a llenar la bolsa de basura con mis regalos. Mi madre se paró frente a mí, imponente—. ¿Eso es todo? —preguntó con voz más severa—. Contéstame —imploró al ver que me quedaba parada, estrujando la falda con mis manos—. ¿Por qué no dices nada, Cassie? —Sacudí la cabeza y me miré los dedos de los pies—. ¿No hay excusas? ¿Ni disculpas?

Seguí sacudiendo mi cabeza. ¿Por qué habría de disculparme por lo que hizo Pepper-Man? Incluso sentí un poco de pena por él, por sus adorables regalos desechados y quemados.

—Tal vez tu profesora tiene razón —dijo mamá en voz baja cuando Fabia se fue con la bolsa—. Tal vez deberías ver a un médico, uno especial. —Hizo que sonara como amenaza—. Ya no sé qué hacer contigo. —Ahora tenía las manos en las caderas, las uñas como garras hundidas en la impecable tela azul marino—. Te doy todo lo que una chica podría desear: una habitación encantadora con juguetes preciosos, un armario lleno de vestidos, y ¿qué recibo a cambio? Ranas muertas y hojas secas, un maldito bosque debajo de tu colchón…

—No quiero tus estúpidos juguetes —le dije, alzando la mirada y viéndola a los ojos. De repente me llené de ira, ofendida por la injusticia de que me castigaran así, y tiraran y desparramaran todas mis cosas por el piso cuando el responsable de todo era él. Quien trajo los regalos a la casa fue él y también fue él quien dijo que los ocultáramos.

—Bueno, eso me queda claro —dijo mamá. Incluso en pleno ataque de ira sus rizos permanecieron en su lugar—. Prefieres coleccionar ojos en vez de canicas y ramas de serbal en vez de muñecas.

—Son lindos —murmuré, con la mirada otra vez clavada en el suelo.

—Son sucios y primitivos, y a veces se pudren. —Se refería a un incidente sucedido esa misma primavera, cuando el cadáver de un cuervo se pudrió detrás de una pila de libros clásicos de cuentos de hadas—. ¿Por qué no simplemente dejas de hacerlo? —Suspiró y se sentó en mi cama descubierta. Por un momento casi sentí pena por ella, se veía tan cansada y vulnerable, con sus ojos azules tan honestos. Pero la pena era un sentimiento que no podía permitirme.

—¿Por qué no me dejas en paz? —Me enfurecí, desaté la cinta blanca de mi cabello y se la aventé. Aterrizó como una serpiente de seda sobre sus muslos azul marino. La recogió y la dejó deslizarse entre sus dedos, con una expresión pensativa en el rostro.

—Te puse eso para que te veas bonita esta noche —dijo—. Los socios de tu padre están por llegar y lo sabes. Quiero que todos nos veamos lo mejor posible.

—¿Por qué?

—Porque es importante que tu padre dé una buena impresión. —Me devolvió la cinta—. Póntela de nuevo… vamos…

—Preferiría ponerme caca en la cabeza —dije y planté el pie con fuerza en la alfombra blanca, sin lograr el efecto dramático esperado.

—Lo sé —dijo con voz cansada—. Pero solo por esta noche, Cassie, haz un esfuerzo. Por favor.

—Deberías esconderme aquí —dije—. ¡Deberías dejarme en paz!

—Sí —dijo ella mientras se levantaba de la cama, con los labios apretados en una delgada línea roja—. Tal vez tengas razón, tal vez deberías quedarte aquí por un tiempo y meditar sobre lo que has hecho. —Atravesó la recámara y se detuvo ante la puerta—. Pon todo en orden de nuevo —dijo, mirando la habitación revuelta—. Pasarás bastante tiempo aquí. —Salió y cerró la puerta. Alcancé a oír sus pasos que se desvanecían por el pasillo, más tarde la escuché volver haciendo tintinear el juego de llaves, y después oí que giraba una de ellas en mi puerta. Guardaba bajo llave la vergüenza que yo provocaba. Estoy segura de que dejó escapar un suspiro de alivio.

Mis lágrimas brotaron espontáneas y como pude arrastré el colchón de vuelta al marco de la cama, mientras sollozaba dejando caer las gotas saladas sobre las manchas de sangre. En la planta baja se escuchaban los preparativos: el sonido de muebles que eran arrastrados por toda la estancia, el choque de las botellas cuando las acomodan unas junto a otras, también la voz grave de mi padre que sonaba como un murmullo a través del entablado del piso y la alegre risa de la jovial Olivia por algo que él decía.

Me estremecí.

Me senté en la cama aún sin rehacer, levanté las rodillas sin parar de llorar y miré el desastre que dejó mi madre a mi alrededor después de la búsqueda. Los libros en el piso, mezclados con el contenido de los cajones ahora vacíos: lápices de colores, cuadernos, una colección de conchas y canicas esparcidas por el blanco mar del suelo de mi cuarto.

Hasta que me quedé dormida abrazando mi almohada.

Desperté por el olor.

La habitación estaba en penumbras, la noche me había sorprendido. Una fría corriente entró por la ventana. Podía escuchar a los demás abajo, riendo y conversando, el tintineo de los vasos al unísono y el leve golpeteo de los cubiertos al ponerlos sobre la vajilla de porcelana. Pero fue el fuerte aroma a pimienta lo que me envolvió y captó toda mi atención.

Mi amigo estaba conmigo, sentado justo a mi lado. Cuando Pepper-Man vio que estaba despierta levantó una mano, la puso sobre mi cabeza y me enmarañó el cabello con silenciosa empatía.

—Rompieron todo —le dije—. Tiraron todos tus regalos.

—No te preocupes —dijo en mi cabeza—. Puedo hacerte otros.

—Ella los encontrará y los tirará también —le dije.

—Entonces haré aún más. —Sus labios negros esbozaron una sonrisa; sus ojos turbios parpadearon. Una corona de ramitas de endrino descansaba sobre su pelo blanquísimo. Se la quitó y me la puso en la cabeza—. Tú eres mi princesa. No importa lo que diga o haga tu madre, siempre, siempre me tendrás a mí.

Sonreí y toqué la corona que acababa de darme, sentí las filosas espinas contra mi piel.

—Tienen una fiesta abajo —dije—. Pero ella me encerró, no puedo ir.

—¿Te gustaría hacerlo? —Sus dedos acariciaban mi rodilla suavemente.

—No, es una tontería. Pero quiero comer. Y tengo muchas ganas de hacer pipí.

—Ven conmigo entonces, tendremos nuestro propio banquete junto al abedul y el arroyo, en lo profundo de las piedras.

—Pero estoy encerrada.

—No saldremos por la puerta.

—¿Entonces por dónde vamos a salir? —Lo miré con los ojos muy abiertos. Él cabeceó en dirección de la ventana.

—Está demasiado alto. No puedo saltar. Me romperé una pierna.

—Entonces trépate a mi espalda —me dijo y obedecí. Ni bien me aferré a su escuálida espalda, sus delgadas piernas cruzaban ya el alféizar de la ventana y el frío aire nocturno me golpeó la piel. Pepper-Man se agazapó para tomar impulso conmigo a cuestas y nos lanzó a los dos a la noche.


Quería dedicar unas palabras al tema de las hadas, porque puede resultarles algo confuso: no son lo que ustedes creen que son. Siempre me desconcierta mucho ver hadas en películas y novelas recientes. O se les representa como seres felices, que deambulan por el bosque y cuidan de todas las criaturas vivientes como buenos guardianes de la tierra, o como una raza extraña que vive entre nosotros desde tiempos inmemoriales, escondida detrás de un velo o bajo la tierra; monstruos, dioses paganos o seres de pesadillas. Este último es el enfoque más correcto, por supuesto. La gente solía tenerles miedo; solían robarse la leche y a los niños, o secuestrar novias y hombres apuestos, ya fuera por engaño o por sortilegio. Nada bueno, en pocas palabras. Los cuentos de hadas eran advertencias, no una invitación.

Sin embargo, las hadas no son del todo extrañas ni carentes de humanidad. Simplemente ya no están vivas.

Eso no significa que todas las personas muertas sean hadas. He llegado a creer que son la representación de las ganas de vivir, la energía, o Qì, el poder de la esencia de uno mismo. Tampoco son como los muertos vivientes de las películas; son, más bien, espíritus que se han transformado y migrado a otras formas de vida, a formas de existencia diferentes. Las hadas rara vez recuerdan haber sido humanos; algunas ya casi ni parecen personas. Viven en la naturaleza, se alimentan de lo que la tierra provee y se apegan a la vida como sanguijuelas. Adoptan rasgos y modales similares a los de sus fuentes de vida: árboles, arroyos, animales o nosotros. Son seres andrajosos; algunas son feas; otras, extrañas. Ninguna de ellas brilla, a menos que viva cerca del agua; pocas tienen alas delgadas, a menos que se alimenten de libélulas. Nunca las he considerado particularmente sabias o amables. ¿Qué tan inteligente puede ser una granjera del siglo VII, incluso después de haber pasado unos cien años como hada abrazadora de zorros? Sin embargo, retienen algo de humanidad, una raíz. Sienten deseo, por ejemplo, un impulso de reproducirse; de ahí todas esas historias sobre niños y doncellas extraviados. Otro rasgo de humanidad que retienen es la sed de riquezas, al igual que los deseos de venganza. Aunque, por supuesto, solo las que actúan mejor y las que más lucen como nosotros pueden vivir entre los humanos.

Ellas saben lo que quieren los humanos.

Mi Pepper-Man afirma que antes de encontrarme vivía principalmente de abedules y cenizas. Fue a través de su transformación que me di cuenta de cómo funcionaba todo. Volveré a esto más adelante, pero por ahora continuemos en las profundidades del bosque.

# VI

La primera vez que me adentré en el bosque con Pepper-Man me pareció una gran aventura. Me sentí orgullosa de haber escapado del castigo de mamá y de sus acusaciones injustas. No recuerdo haber tenido nada de miedo, aunque el bosque estaba oscuro y el lugar de destino era incierto. Sin embargo, tenía fe en mi Pepper-Man. Caminaba a mi lado como un espectro de cementerio; su cabello seco a veces golpeaba mi rostro cuando el viento soplaba, y su ropa hecha jirones se enroscaba y serpenteaba alrededor de sus piernas flacas. Recuerdo la luna llena colgada en el cielo y su luz pálida filtrándose a través de las ramas. Aunque conocía los árboles de esos bosques de toda la vida, los había trepado y había recogido sus hojas, ahora se me presentaban extraños, cubiertos de esa mezcla entre oscuridad y luz helada. El camino frente a nosotros, uno que debía reconocer como el dorso de mi propia mano, se curvaba como una serpiente negra a través de la maleza. Pero en ese momento no tenía razón alguna para pensar demasiado en eso; presentía en mi interior más profundo que me conduciría a lugares desconocidos.

Y así fue. O quizá se bifurcó. Pero de repente mi camino ya no estaba ahí.

El cambio fue sutil, como el comienzo de una lluvia con niebla que anuncia que se aproxima una tormenta. Mis árboles dieron paso a otros desconocidos, más altos y más anchos, mucho más viejos, con gruesas raíces que se enroscaban en los troncos. Sus ramas rozaban mi cabeza mientras caminábamos debajo de ellas, como dedos con uñas muy largas. El camino bajo mis pies brillaba tenuemente a contraluz. Había hojas esparcidas del tamaño de un puño; era como caminar sobre vidrio o sobre plata, o sobre un arroyo congelado. Aparecieron sapos en el camino, croando canciones ruidosas, propias de los sapos. Se dispersaron cuando pasamos y se perdieron entre los helechos. Una lechuza ululó en algún lugar cercano y de repente apareció frente a mí, batiendo sus grandes alas en el aire, entonces apreté la mano de Pepper-Man. Sus ojos brillaron por un segundo cuando, antes de irse volando, me miró.

—Nada aquí te hará daño —dijo Pepper-Man.

—¿Dónde estoy, entonces?

—Visitando amigos.

—¿Son como tú? —Sentí que el corazón se me aceleraba.

—En absoluto —respondió y luego se echó a reír. Esa risa era un sonido hueco, seco como una cáscara y muerto como el invierno.

—¿A dónde me llevas? —insistí.

—A un lugar donde estarás a salvo, junto al arroyo y abedul, en lo profundo de las piedras…

—¿Dónde es eso?

—En la colina. De donde yo vengo, ya lo verás.

—¿Hay otras niñas allí? —Mi corazón latía con esperanzas.

—No —dijo Pepper-Man—. Tú eres la única.

Caminamos durante lo que parecieron horas; el paisaje a nuestro alrededor cambió de nuevo, el aire olía a musgo de agua estancada, a un toque de hierro y a Pepper-Man. Bajo mis pies desnudos el suelo se volvió húmedo y pastoso; los árboles adquirieron formas colgantes con racimos de hojas que rozaban el suelo. Me resbalé sobre la tierra lodosa y los hongos, grandes setas rojas y otras de color café aún más grandes que se abrían al pisarlas y emitían nubes de esporas. Los sapos seguían allí, ahora detrás de nosotros, como una comparsa de ruidosos seguidores. También había babosas y una víbora. Alcancé a divisar formas de pájaros negros en los árboles, pero ninguno hizo sonido alguno. El viento cesó. El entorno estaba en silencio, excepto por las voces guturales de los sapos. Traté de no mirarlos, mantuve la mirada fija en el camino, agarrándome a mi amigo, como si su mano fuera un ancla segura en medio de un vasto mar negro.

Finalmente nos detuvimos ante una forma circular en el paisaje, una colina de la que sobresalían piedras y estaba cubierta de hierba.

—¿Es aquí? —le pregunté, mirando hacia el elevado promontorio. Lo recordaba vagamente de las caminatas dominicales o tal vez solo de mis sueños—. Pero ¿cómo entramos?

—Ansiaba ponerme a salvo del bosque oscuro, la víbora y los sapos. Me imaginaba una fiesta de proporciones épicas: mesas agitadas y cerdos asados en estacas, como los descritos en mis libros de cuentos de hadas.

—Es fácil —dijo Pepper-Man, al tiempo que me jalaba hasta llevarme casi a rastras; así fuimos rodeando la colina en sentido contrario a las manecillas del reloj, una vez, dos veces, tres veces… Para entonces me empezaban a doler los pies y se me dificultaba seguirle el paso. Las ramitas y la maleza espinosa me rasguñaron las pantorrillas y el estómago me dolía de hambre. Aun así, seguí confiando en Pepper-Man y me sentí segura de que al final vendría una gran recompensa.

Él lo había dicho, ¿no?

Cuando completamos el tercer círculo, un sonido estrepitoso surgió del suelo y la colina se abrió como una ciruela madura, una enorme grieta se fue abriendo en un costado, grandes cúmulos de tierra húmeda se desmoronaron desde los bordes, y las piedras y la vegetación de los alrededores se derrumbaron. Grité y oculté el rostro contra el cuerpo de Pepper-Man, al tiempo que me aferraba a su cintura con los brazos.

Una risita vibró en lo profundo de su pecho y su mano se posó sobre mi cabeza.

—Bienvenida a la colina, pequeña princesa —dijo—. No temas, solo admira sus maravillas. —Me sequé las lágrimas de la cara con el dorso de la mano, miré a mi alto y pálido amigo e intenté sonreír un poco—. Mi tribu está aquí para darte la bienvenida, todos los hermanos y hermanas de la colina.

Entonces, de la enorme grieta emergieron hacia la superficie, cargando antorchas y regalos. Todos de miembros largos y delgados, cabello irregular y trenzado. Pieles y garras, dientes y uñas, plumas y huesos.

Eran las hadas.

Primero vino una mujer alta y delgada que llevaba un tazón de madera. Su cabeza era calva, a excepción de una trenza blanca, y su cuerpo estaba envuelto en seda. Sus ojos brillaban como negras joyas; una araña marrón giraba cerca de su puntiaguda oreja izquierda.

—Te traigo leche para beber, niña —dijo su suave voz en mi cabeza. Puso el cuenco a mis pies y retrocedió unos pasos.

Luego vino un hombre con una cara larga y estrecha. Tenía ojos dorados y rasgados, y una abundante melena roja. Su ropa, o lo que quedaba de ella, era de color café y estaba rasgada en las costuras. Una cola espesa colgaba entre sus muslos. En sus manos sostenía una bandeja de plata llena de suaves pasteles blancos.

—Te traigo pasteles del rocío de la mañana —dijo dentro de mi cabeza. Su voz era oscura, como tormentas eléctricas, y sus dientes eran afilados y muy blancos. Las uñas que sostenían la bandeja eran curveadas y muy negras. Puso la bandeja a mis pies y dio un paso atrás.

La siguiente en acercarse a mí traía una corona de rosas silvestres. Era pequeña como una niña, pero tenía cara de bruja. En su cara, arrugada y morena como una nuez, resaltaban sus ojos negros, que lanzaban una mirada inquisitiva. Una áspera bufanda tejida ocultaba su cabello. Sus manos regordetas le ofrecieron la corona a Pepper-Man.

—Una corona para nuestra doncella —dijo la mujer y sonrió.

Alcé la vista y los miré: un semicírculo de seres como nunca había visto antes: altos y pequeños, peludos y calvos. Algunos de ellos tenían cuernos y otros tenían colas. Otros eran como Pepper-Man, nudosos y altos; y otros más eran pequeños, mucho más pequeños que yo. Todos me miraron expectantes, con sus ojos de animales y ojos humanos, ojos de pájaros y ojos ciegos.

Pepper-Man colocó la corona de rosas en mi cabeza.

—Come —dijo—. Bebe.

Me llevé el tazón de madera a los labios. La leche era dulce y espesa.

Tomé un pastel de la bandeja y lo puse sobre mi lengua; se derritió como el azúcar cuando lo mordí; sabía a miel y mermelada de arándanos.

—Ahora puedes entrar a la colina. —Mi Pepper-Man entrelazó su mano con la mía.

Todos nos abrían paso a medida que avanzábamos. Veía sus caras sonrientes y sus ojos brillantes. Sus manos me daban palmaditas y me acariciaban.

Me invitaban a su nido.

Hacia adentro de esa oscura, oscurísima tierra.

El interior de su colina estaba hueco, como suelen ser las colinas. En la bóveda circular había hogares con humeantes chimeneas, y un empedrado blanco recubría el piso. Las antorchas en sus candelabros reposaban en las sucias paredes, emitiendo halos de una luz opaca. Había una mujer con ojos brillantes que tocaba un ritmo desenfrenado en un tambor de cuero. Las plumas de aves sobresalían de los andrajosos mechones de cabello castaño que le colgaban alrededor de la cara. Estaba completamente desnuda y sus senos eran blancos como la leche. Mis mejillas se ruborizaron y tuve que apartar la vista, ya que no estaba acostumbrada a ver esas cosas. Su mirada dorada me siguió mientras me adentraba en la bóveda; yo seguía aferrada a la mano de Pepper-Man. Un hombre con una peluca como de duque francés apareció ante mis ojos; llevaba en la mano una flauta de hueso amarillento. Se la acercó a los labios y tocó una aguda melodía, acompañando al tambor. Mientras se alejaba bailando miré el brocado deshilachado de su chaleco y la seda azul desteñida de sus pantalones.

—Baila conmigo, Cassandra —dijo Pepper-Man, al tiempo que tomaba mi otra mano con la suya y me hacía girar con suavidad—. Más tarde comeremos más pastel, pero por ahora seamos felices.

El resto de la fiesta se estaba congregando detrás de nosotros, en el interior de esa cueva húmeda y caliente en lo profundo de la tierra. Uno a uno cedieron, tentados por el baile, y empezaron a arremolinar sus cuerpos y a tratar de bailar. Se balanceaban y giraban, se contoneaban y se sacudían.

Nosotros también bailamos, giramos y fluimos por la sala repleta, y a dondequiera que íbamos los demás nos abrían camino. Pepper-Man me guiaba con pasos seguros, sus labios dibujaban una sonrisa asimétrica. Bailé, sin pensar en nada más que eso. No existía nada que no fuera esa calurosa noche, el ritmo y la carne. Pepper-Man me levantó en los aires y me hizo girar por encima de la multitud. Miré la masa de cuerpos que se retorcían, con cuernos y astas, plumas y pelos, y levanté las manos hacia el techo oscuro de la caverna para dejarme llevar por la música.

Evidentemente no sabía que al beber esa leche y comer ese pastel los estaba dejando entrar a todos en mi vida. No pasó un solo día después de eso sin que un hada asomara la cabeza desde los arbustos o me mirara desde el otro lado del espejo mientras trataba de desenredar los nudos de mi cabello. Ya no era solo Pepper-Man, aunque era cierto que yo le pertenecía solo a él, había también otros que se entrometían y me distraían. Algunos me caían bien, otros no. La mayoría pululaba justo en las orillas de mi visión, donde bailaban, reían, gruñían o chasqueaban.

—Desearían tener una chica como tú para ellos —dijo Pepper-Man cuando me quejé de los que eran un tanto molestos—. ¿Quién no querría una princesa tan dulce y con un cabello tan largo y grueso apoyado en sus rodillas?

—Creo que más que deseosos se ven enojados.

—Confía en mí, Cassandra, solo te quieren para ellos. Quieren chuparte hasta dejarte seca, que toda esa luz dorada les baje por la garganta. Es por eso que el bosque es tan peligroso para chicas como tú. Nunca sabes qué criatura malintencionada está al acecho. Algunos de mis hermanos aún coleccionan y presumen trenzas de niñas en sus cinturones.

—Ellos, pero tú no.

—Yo no, yo solo necesito a mi Cassandra y siempre te protegeré de los peligros del bosque. Otros te podrán gruñir y lanzar chasquidos, pero nunca probarán a mi princesa.

Solo él lo hizo: probarme. Pero le gustaba presumirme. Me hacía sentir especial por la forma en que me trataba, por sus regalos y su amabilidad, por los secretos que compartíamos. Por los besos y sus palabras cuando me decía cuánto le importaba. A veces casi me hacía olvidar el dolor, y yo flotaba en sus palabras.

Cuando ponía esos suaves y dulces pasteles entre mis labios casi olvidaba que dolía.

# VII

—¿Alguna vez has pensado en la posibilidad de que recuerdas estas cosas de manera tergiversada? —me preguntó una vez el doctor Martin.

—No es así, las recuerdo como eran —dije y crucé los brazos sobre el pecho. En ese entonces todavía era nueva en aquello, aún no estaba acostumbrada a nuestras sesiones. La silla de su oficina era grande y suave; a menudo sentía que me ahogaba en ella. Mis pies no llegaban al suelo. Creo que la silla tenía la intención de consolarnos, a mí y a otros jóvenes extraños y problemáticos que iban allí, pero para mí era intimidante, como si sentarme en ella significara perder el control. Terminé por renunciar a toda esperanza siempre que esa silla me agarraba y me mantenía cautiva en su suave regazo.

También había un escritorio de roble en el lugar, pero el doctor Martin nunca se sentaba detrás de él mientras hablábamos. Se sentaba frente a mí en una silla de cuero más discreta, su cuaderno de notas se balanceaba sobre sus rodillas, la pluma sangraba tinta azul a través de las líneas cuidadosamente caligrafiadas. Su barbilla estaba cubierta de barba nueva, su cabello era gris y tenue. Pero sus ojos siempre fueron muy amables cuando me miraba.

—A veces —el doctor Martin me estaba mirando a los

ojos— sucede algo que es tan horrible, tan doloroso y confuso, que nuestro cerebro toma el control y lo reescribe.

—No sé a qué se refiere con eso.

—Supongamos que alguien te golpea, alguien en quien confías. Tal vez el recuerdo de ese incidente es tan difícil de sobrellevar que prefieres fingir que fue otra persona quien te dio el golpe, u olvidar por completo que te lastimaron… La mente es algo peculiar. No creerías las cosas que puede hacer cada vez que tiene oportunidad…

—Sé que usted no cree que Pepper-Man es real. —Miré mis zapatos negros, las medias blancas—. Ninguno de ustedes me cree. Sobre todo mi mamá.

—Es difícil creer en algo que no puedes ver. —El doctor Martin usó su tono de voz más paciente.

—Eso no significa que no exista.

—No significa que exista, incluso si lo crees.

—¿Me está llamando mentirosa? —Me reacomodé lo mejor que pude en el asiento blando.

—Creo que eres una editora. Creo que has aprendido a reescribir ciertas partes de tu historia y sospecho que hay otra verdad en lo que cuentas.

—Está equivocado —le dije—. Todo lo que le digo es verdad.


Conocí al doctor Martin por primera vez después de un verano largo y agotador en el que la pubertad me golpeó con dureza y crueldad. Mi madre y yo peleábamos por las cosas más insignificantes, y a menudo los platos de porcelana cruzaban la habitación. Llevaba años amenazando con enviarme a un «médico especial»; de hecho, me amenazaba con tanta frecuencia que creí que nunca lo haría, pero supongo que el torrente de hormonas juveniles la hizo llegar a su límite. Las hormonas no tenían la culpa; son algo natural. Pero empeoraron todo. Lo empeoraron bastante.

Tiempo después me vería forzada a recordar esa época de peleas, cuando fui yo quien tuvo que pelear, en vano, para tratar de hacer entrar en razón a una adolescente. Es tan difícil como atrapar un pez resbaladizo; ella se escabullía y hacía piruetas en una forma que la ponía fuera de mi alcance.

Supongo que también me hizo entender un poco mejor a mi madre y cómo nuestras peleas la empujaban a las lágrimas y al alcohol. Sin embargo, a diferencia de mi madre, yo no tenía dinero para que alguien más intentara resolver el problema por mí. No, yo tuve que lidiar con mi hija por mi cuenta, y ni un barril de vino habría bastado para aliviar mi padecer.

Si tienen chicas jóvenes, un día les harán eso. Los volverán locos.


Ustedes saben muy poco sobre su prima, supongo. El tema habría incomodado a su madre y a Olivia nunca le gustó hablar de cosas incómodas. Si alguna vez llegara a hablar de eso, estoy segura de que me culparía y diría que soy una mala madre, entre otras cosas desagradables. Pero yo al menos siempre me esfuerzo por mantener a mi niña feliz y segura, que es algo que nuestra familia nunca hizo bien.

Su madre sin duda les ha contado historias sobre mí. Cómo acababa siempre en peleas en la escuela, y que hacía extraños rituales en la casa y atemorizaba a la gente. Después de la muerte de Tommy Tipp, sé que estas historias volvieron a cobrar vida.

Es extraño cómo la gente nunca olvida las heridas infligidas en su infancia.

Incluso antes de conocer al doctor Martin, Pepper-Man había dejado muy poco espacio para cualquier otra persona en mi vida. No tenía ninguna amiga, ni compañeras de juego, ni confidentes. Aun cuando no estaba presente, Pepper-Man estaba allí, coloreando mi mundo de tonos sombríos. Su mundo era un lugar peligroso para una niña pequeña, era violento y cruel, a pesar de todas sus maravillas. Las hadas no son una compañía adecuada para los vivos, tocarlas te contamina como una enfermedad. Crecí como una fruta pálida en las sombras, pequeña y amarga, sin suficiente sol, pero crecí. No me marchité ni morí. No me caí de la rama ni me estrellé contra el suelo. Yo era una manzana blanca, una pera del color de la luna, una ciruela verde tóxica del tamaño de una moneda. Crecí rara y torcida, pero había vida corriendo por mis venas con abundante sangre roja, suficiente para sostener a más de uno.

Olivia, sin embargo, era una niña de verano, trigo dorado y florecimientos intensos. Sus cumpleaños siempre fueron eventos espléndidos. Cuando cumplió diez años, mi madre y Fabia pusieron la mesa en el jardín, bajo los robles, adornada con manteles blancos y jarrones llenos de flores. Como a Olivia le encantaba, mamá sacó la mejor porcelana, la que tenía dibujos de flores pintadas de color rosa y tiernos bordes dorados, y acompañó cada plato con un pequeño tenedor plateado. Olivia y sus amigas los usarían para descuartizar el pastel de fresas, el bizcocho, la mermelada, la crema batida y las bayas, y para llenar sus suaves bocas redondas con ese batidillo. Pero yo no, para mí no habría pastel.

Mamá lo intentó al inicio, intentó convencer a Olivia de que su hermana debía tener un lugar en la mesa, pero ella no la escuchó. Dijo que yo era un fastidio, que incomodaba a sus amigas. Dijo que esas chicas trenzadas y frívolas me tenían miedo.

—Cassie arruinará todo —dijo—. Siempre lo hace.

Y mamá fue fácil de convencer, como siempre. Olivia por lo regular se salía con la suya siendo la niña perfecta. Y tal vez, solo tal vez, a mamá también le pareció más conveniente mantenerme alejada de la fiesta. Es posible que le preocupara que las chicas les hablaran de mí a sus padres cuando se fueran a casa, que les contaran que yo me reía en voz alta sin razón aparente o que susurraba al aire. Me tenían miedo, claro, pero en S— no teníamos muchos lunáticos, así que a menudo el miedo se mezclaba con una fascinación perversa.

Les gustaba mucho hablar de mí.

—No quieres sentarte a la mesa con todas esas niñas —me dijo mi madre—. Tú ya eres una jovencita, y Olivia y sus amigas son solo niñas. No lo disfrutarías mucho.

Y tenía razón, por supuesto, pero eso no tenía importancia. Así que allí me quedé, rechazada, en lo alto del manzano con Pepper-Man. Recuerdo que me senté a horcajadas sobre una rama gruesa. Agarraba hojas y las rasgaba a la mitad con los dedos, aspiraba la fuerte fragancia a savia fresca y luego dejaba caer los pedazos al suelo. Alcanzaba a ver la fiesta desde las ramas. Miraba la mesa decorada, las chicas vestidas de blanco, rosa y azul, con amplios moños y diademas en el pelo. Yo también llevaba un vestido, pero el mío era de cuadros en tonos rojos. Estaba vestida de rojo y enojada, como mi corazón. Pepper-Man se sentó en otra rama por encima de mí y sus pies dibujaban círculos en el aire.

—En la colina puedes comer mejor pastel —dijo—, mucho más dulce y suave.

—No quiero el estúpido pastel.

—Lo que quieras, entonces. Solo dime lo que quieres y lo tendrás.

—Parece una princesa, ¿no? —Estaba mirando a mi hermana, que estaba sentada al final de la mesa, con un vestido azul nuevo. Sus trenzas rojizas brillaban a la luz del sol. Papá también estaba allí abajo, tomando fotos de la reunión. Ferdinand, autoexiliado del evento femenino, se escabulló detrás de las floridas jardineras y estaba deshojando un tulipán amarillo con los dedos. Fabia inflaba globos.

—¿Qué es una princesa, a fin de cuentas? —Pepper-Man se movió sobre su rama—. ¿Una chica solitaria, atrapada en una jaula dorada? Mejor ser libre, como tú, libre para ser una princesa de la colina.

—No quiero nada de Olivia —dije, pero era mentira.

—Ella será una adulta miserable —reflexionó Pepper-Man, y tenía toda la razón, como ustedes bien saben.

—Sin embargo, apuesto a que el pastel está rico. —Todo era tan confuso. La detestaba a ella y todo lo que tenía, y aun así… Me apoyé en mi rama para tener una mejor vista; escuché la alegre charla de las chicas que llenó el aire.

—Sonríe —escuché decir a mi padre mientras apuntaba la cámara. Olivia alzó la cabeza y le sonrió, se reacomodó las trenzas sobre los hombros para que cayeran sobre su pecho. Quería lucirlas en sus fotos de cumpleaños.

Fue entonces cuando vi una sombra que se arrastraba despacio por el pasto, con forma de babosa, con las fauces abiertas y los ojos de linterna. Sentí que todo mi cuerpo se congelaba con solo verlo. Aunque ya había visto muchas cosas en mi vida, nunca había visto algo tan repugnante. Me agarré con más fuerza de la rama cuando vi que la sombra avanzaba lentamente hacia la fiesta, hacia la silla de Olivia.

—Pepper-Man, ¿qué es eso?

Lo escuché moverse por encima de mí.

—Mi primo. —Suspiró—. Ese es uno de mis primos.

—Pero ¿qué está haciendo aquí?

Pepper-Man hizo una pausa antes de responder.

—Le gustan las niñas pequeñas, en especial las felices. Las niñas felices son como un pastel para él, como vino y hierbas dulces, o azúcar en un tazón de porcelana. Debe haberlas escuchado reír en el bosque y ahora está aquí, cazando.

—Eso no es nada bueno. —De repente sentí una preocupación genuina—. ¿No puedes ahuyentarlo?

—No me hará caso aunque le hable. Yo tampoco hubiera hecho caso si alguien hubiera querido alejarme de ti.

Las chicas se rieron y se abrazaron mientras sonreían viendo a la cámara de mi padre. Me moví con incomodidad sobre la rama, podía escuchar el sonido de mi propio corazón retumbando con fuerza en mi pecho.

—Tu primo puede encontrar otra chica de aperitivo. Que una de las dos hermanas sirva de comida para hadas es más que suficiente, ¿no te parece?

—¿Por qué esta repentina necesidad de protegerla? —dijo Pepper-Man con asombro—. Pensé que aborrecías a Olivia y deseé que ella compartiera tu destino.

—No. Prefiero que ella siga siendo la persona arrogante y feliz que es.

—Entonces, ¿qué quieres hacer?

—Quiero salvarla. —Verla amenazada despertó algo en mí: una necesidad extraña y desconocida de cuidarla y protegerla—. Hubo un tiempo en que fuimos amigas. Antes incluso nos parecíamos.

—No —dijo Pepper-Man con voz suave—. Nunca fueron parecidas, pero te ayudaré.


Por eso estaba en la habitación de Olivia esa noche. En esa otra habitación blanca, como la mía, pero limpia y ordenada. Por eso estaba parada en la alfombra blanca, sosteniendo en las manos las feas, grandes y brillantes tijeras que mi madre usaba para cortar tela. Eran las más afiladas que teníamos.

Olivia estaba durmiendo profundamente, con la cabeza sobre una almohada con bordes de encaje. Estaba muy llena de pastel y limonada, y no se esperaba que yo entrara a su habitación.

Me acerqué lo más silenciosamente que pude, y también en silencio le agradecí a mamá por la gruesa alfombra blanca que absorbía todos los sonidos. Escuché el dulce respirar de Olivia; los discretos suspiros que emitía mientras dormía. Me pregunté con qué soñaba, la niña de mandarina y mazapán, que de forma tan grosera había sido atacada por un devorador de felicidad. ¿Tenía sueños malos, oscuros y peligrosos, o todavía soñaba con el sol del día y el pastel de fresas?

Cuando terminé de mirarla, levanté con cautela sus trenzas de la almohada y las sostuve en mi mano, sedosas y rojizas, gruesas y pesadas. Luego, tomé las tijeras de mi madre y se las corté. Fue muy fácil; las cuchillas segaron el cabello como una espada habría cortado un pastel. Las trenzas se desprendieron de su melena y colgaron en mi palma como serpientes muertas.

—Ven —dijo Pepper-Man desde la puerta—. Ya casi va a amanecer. Si vamos a completar el ritual, debemos apresurarnos.

—Claro —susurré y le lancé a la silueta dormida de Olivia una última y prolongada mirada. Seguía durmiendo profundamente, su sueño era imperturbable. Y yo era buena siendo sigilosa. Aún lo soy.

Pepper-Man y yo bajamos de puntitas las escaleras hasta la sala de estar, donde arrojé las tijeras detrás de un cojín bordado del sofá. Agarré los cerillos de la repisa que está sobre la chimenea y de una mesita lateral tomé un recipiente de cristal. Luego, Pepper-Man y yo salimos al jardín por las puertas del patio. Para entonces la mesa ya estaba despejada, no quedaban platos de porcelana ni tenedores de plata. La única evidencia de la fiesta era un envoltorio de regalo enredado en la base del ancho tronco de un roble. Puse el recipiente en el suelo y metí las trenzas de Olivia en él. Pepper-Man roció el cabello con hierbas.

—¿Estás seguro de que esto funcionará? —pregunté, con la esperanza de no haber dejado sin cabello a mi hermana sin razón.

—Va a funcionar —me aseguró.

Luché por encender un cerillo en la noche húmeda. Pepper-Man finalmente me ayudó, me quitó los cerillos y encendió uno con facilidad. El cerillo chisporroteó, pero luego ardió con una llama amarilla constante. No sé lo que Pepper-Man roció entonces sobre el cabello, pero el fuego se avivó como con el heno seco, se contorneó y emitió un olor acre. Cuando por fin se extinguió y en el recipiente solo quedaron cenizas, lo metimos a la casa, subimos las escaleras y entramos a la habitación de Olivia. Seguía durmiendo profundamente, roncando con suavidad, sin saber que sus hermosas trenzas habían desaparecido. Siguiendo las instrucciones de Pepper-Man, esparcí las cenizas, que cayeron como una llovizna gris sobre el blanco algodón almidonado que cubría la cama, y dejé escapar un profundo suspiro de alivio.

Miré a Pepper-Man.

—¿Está a salvo ahora?

—Sí —susurró en mi cabeza.

—Ella debería agradecerme, entonces —dije en voz baja—. Pero no creo que lo haga.

—No. —Pepper-Man parecía estarse divirtiendo—. Te puedo asegurar que no lo hará, para nada.


Como era de esperar, después de eso estuve castigada en mi habitación, encarcelada entre esas cuatro paredes blancas. La puerta no estaba cerrada, pero tenía estrictamente prohibido salir. No lloré ni me enojé, solo me senté en mi cama e hice dibujos de Pepper-Man bailando conmigo, paseando en el bosque o nadando en el arroyo. A veces me paraba junto a la ventana y veía al hada emplumada que estaba construyendo un nido en nuestro manzano. Lucía muy exótica, toda verde y roja. Ella se había estado alimentando de un loro que se había escapado, por lo menos eso fue lo que me dijo Pepper-Man.

En mi segundo día en cautiverio escuché un suave golpe en mi puerta. La abrí pero no había nadie, solo una caja blanca de cartón en el suelo del pasillo, la cual contenía pastelitos suaves y brillantes, con glaseado de chocolate y caramelo, mis sabores favoritos.

Escuché los pesados pasos de mi padre bajando las escaleras. Aún se percibía el fuerte aroma de su agua de colonia en el ambiente.

# VIII

Algunas chicas adquieren una especie de cualidad cristalina a medida que se acercan a la pubertad y quedan atrapadas en ese lugar intermedio entre la infancia y la edad adulta. Es la misma cualidad que atrae tanto a los Humbert Humberts de este mundo. No pertenecemos a nuestros cuerpos, ni a nuestras pieles. Flotamos en algún lugar superior o nos perdemos en alguna pasión que aún desconocemos; un forastero aparece ante nuestra puerta y con pasos ardientes y posibilidades inusuales nos seduce. Nos gustaría bailar esa canción pero nos aterra la posibilidad de hacerlo. Somos corderitos y a la vez feroces leones.

No sabemos qué hacer con nosotras mismas.

En mi caso, la desconexión familiar nunca había sido tan aguda. Odiaba a mi madre. Odiaba a los niños en la escuela. Odiaba su incapacidad para entenderme. Se estaba desarrollando en mí una nueva identidad que antes no estaba ahí.

Creo que todavía odiaba un poco a Olivia, incluso después de haber tratado de salvarla. ¿Qué hizo ella que yo no hice para merecerlo todo y ser tan privilegiada? Crecimos en la misma casa, a la sombra del mismo bosque, pero solo yo cargaba con la maldición. Es difícil para una niña entender que el destino puede ser así de cruel e impredecible. Olivia jugaba y bailaba con vestidos bonitos, mientras yo me desangraba bajo mi Pepper-Man por las noches.

Éramos hermanas, pero a la vez no. Ella sostenía el sol en sus pequeñas manos gorditas; yo me quedé con la luna, siempre cambiante, a veces ennegrecida.

—¿Por qué yo? —le preguntaba a Pepper-Man a veces—. ¿Por qué yo? ¿Por qué no Olivia?

Me miraba con los labios ensangrentados.

—Tú apareciste primero y me acostumbré a tu sabor. Me dejaste entrar y aquí estoy, para siempre tuyo, hasta el final.

Me golpearon esas palabras: «Me dejaste entrar». Me persiguieron durante años. ¿Cómo podría haberlo *dejado* entrar? No recuerdo haber hecho nada parecido. ¿Fue porque era una chica mala? ¿Fue eso lo que le permitió entrar?

—Y si te dijera que te fueras —le pregunté—, ¿qué harías?

—Nunca harías eso. —Pepper-Man me sonrió enseñando los dientes afilados—. ¿Qué serías entonces sino una niña enojada? Ya es demasiado tarde para que seas como tu hermana.

—¿Solo porque te dejé entrar?

—Por haberme dejado entrar.

—¿Y sin ti estaría sola?

—¿Quién más querría estar a tu lado?

Por supuesto, mi Pepper-Man tenía razón. Sin ese secreto no era nadie, solo una chica incómoda a la que todos temían, incluso mi propia hermana.

Pepper-Man era mi mejor amigo, el único con el que podía contar.

En esas noches oscuras y dolorosas me sentí amada.

El verano siguiente a la fiesta de Olivia, mamá y yo peleamos día y noche. Mi dieta era un tema de constante debate: no tanta azúcar, ni tanta crema, que engordaría y me saldrían curvas donde no hacían falta. Ya estaba aumentando de peso, dijo ella, aunque sabía que estaba equivocada al respecto.

Lo que ganaba comiendo, Pepper-Man me lo absorbía de nuevo.

Estaba hecha una furia, llena de ira y resentimiento. Me atiborraba de galletas con mantequilla que incluso sumergía en crema. Robé el labial de mamá y me pinté la boca para ir a la iglesia. Mi expresión habitual era una sonrisa desdeñosa y perfeccioné la frialdad en el espejo. Ya no ocultaba más los regalos que me daba Pepper-Man, sino que los exhibía con orgullo. Mi habitación se convirtió en un temible bosque de ramas y hojas secas, plumas de colores brillantes, bellotas y rocas afiladas.

Mamá ya no sabía qué hacer conmigo. Me miraba de reojo con una mezcla de repulsión y preocupación. Creo que nunca imaginó que creceríamos, solo se había imaginado a sí misma como la madre de niños pequeños. Nunca consideró que floreceríamos y nos convertiríamos en adultos por derecho propio, y que nos deslizaríamos fuera de su alcance como ya lo habíamos hecho antes de su útero, que dejaríamos de ser una extensión de ella para pertenecernos a nosotros mismos. ¿Quién sería ella para entonces, cuando a su hijo le creciera una barba brillante y sus hijas caminaran sobre tacones altos? Ya no sería la novia sonrojada, seguro. Ni la joven y bella madre. Sus hijas la destronarían al ser más bonitas y más deseables, aunque solo fuera por la gracia de la juventud.

Olivia se quedaba atrapada en el fuego cruzado la mayor parte del tiempo. Cada vez que había lágrimas, gotas perfectas en forma de perlas que se enganchaban en las pestañas de nuestra madre, ella se le acercaba y le ofrecía sus suaves mejillas para consolarla. Olivia era el oso de peluche, la dulce niña para abrazar y besar, y para hacer sentir bien a todos cada vez que yo me comportara de forma odiosa o volaran platos hacia las paredes. Nunca olvidaré las miradas que me dirigió esa pequeña niña de mandarina y mazapán; sus ojos oscuros lanzaban dagas a través de la habitación y me acusaban de poner triste a nuestra madre.

Nuestro hermano Ferdinand se quedaba callado cada vez que pasaba eso. Hacía algunos ejercicios de esgrima a medias en el jardín, leía algunos libros sobre ajedrez o la Primera Guerra Mundial. Seguía siendo callado y tímido, y nuestros gritos le causaban dolores de cabeza. Yacía como un pálido fantasma en la cama, con un trapo frío en la frente, mientras Fabia le llevaba té en una charola. No pasaría mucho tiempo antes de que mamá decidiera que le iría mejor fuera de casa y lo enviaran a un internado, convencidos de que le haría bien estar en un ambiente más saludable, sin una hermana loca merodeando.

No fue así, por supuesto. Nuestro hermano nunca logró estar bien.

Mi padre, como un oso, solo lo miraba todo. Sus ojos nos observaban desde el fondo de los periódicos plegados o desde la mesa de la cocina donde se instalaba para limpiar las partes de su rifle, detrás de los anzuelos de su equipo de pesca o a través de su set de palos de golf.

Nos observaba.

Fue al final del verano, después de un largo receso escolar, después de que el último plato de porcelana fina se estrelló contra la pared, que mamá por fin cumplió su amenaza y agendó una cita con el doctor Martin.

Ustedes dos saben todo sobre el doctor **Martin**, por supuesto, y quizá ya hasta leyeron el libro que escribió: *Extraviada entre hadas: un estudio de la psicosis inducida por trauma.* Tú, Penélope, tal vez lo hojeaste en el trabajo, lo abriste con temor mientras almorzabas y te atragantabas con las rebanadas de jitomate y queso pegajoso cada vez que surgía algo desagradable. Y tú, Janus, de verdad deberías leerlo si aún no lo has hecho. Creo que te gustaría, sería de particular interés para tu mente analítica.

En sus páginas, el doctor Martin relata lo que hablamos en el tiempo que pasamos juntos en su consultorio, desde que aparecí allí por primera vez cuando era una escuálida chica de doce años, hasta que me casé y ya no fue necesario continuar nuestras discusiones pagadas. También cuenta sobre esos años intermedios en los que solo fue mi amigo, y cómo retomó su rol de psiquiatra después de la muerte de Tommy Tipp, cuando tuvo que servir de testigo en mi defensa durante el juicio.

Olivia vino a verme cuando el libro salió a la venta. Se paró en mi vestíbulo, pálida como una sábana, con el pelo rojo desordenado y aferrada a un chal de cachemira amarillo que colgaba con soltura sobre sus hombros.

—¿Tienes idea de lo que hiciste? —Sus labios blancos temblaban—. Mamá está fatal. Se fue a acostar con migraña…

—Es solo un libro —dije—. Son solo las palabras del doctor Martin.

—¿Por qué la odias tanto? —preguntó mi hermana—. ¿Por qué quieres destruir nuestras vidas?

Me sentí un poco incómoda al verla tan angustiada. No culpable, eso sí, nunca se trató de eso.

—Nadie dijo que sea verdad. De hecho, yo creo que no es verdad.

—Entonces, ¿cómo le permites a ese médico decir esas cosas?

—Le dio gusto hacerlo, y fue un buen amigo para mí en el juicio.

—¡Lo dejaste publicar mentiras! ¿Cómo puedes vivir con eso? ¿No sientes ningún tipo de aprecio por nosotros?

—Es solo una historia. Tan buena como cualquier otra, supongo. —Me encogí de hombros.

—Pero la gente lo cree, Cassie, ¿no lo entiendes? Él es un profesional. ¡Un maldito doctor!

—La gente cree lo que quiere. —En eso me consideraba experta.

—Bueno, pero no tenías por qué respaldar sus mentiras. Nos arruinaste, Cassie, esta vez para siempre.

—Según el doctor Martin, mi amigo, ya estábamos arruinados desde hace mucho tiempo.

—Pero esas son mentiras, Cassie. ¡Mentiras!

—Ay, bueno —dije y de nuevo me encogí de hombros—. Tal vez solo están en fase de negación.

—Incluso papá se enojará contigo esta vez, para que sepas.

—Papá nunca se enoja conmigo —le dije, pero no sonaba muy convencida. Él siempre estaba allí, observando. Amenazante, como una nube borrascosa, una presencia oscura e inquieta.

—En serio te pasaste con esto —continuó Olivia—. Como si el juicio no hubiera sido ya lo suficientemente malo. Piensa en mis hijos, Cassie. Nunca podrán limpiarse esta mancha.

—Lo harán si cuando crezcan logran ser personas fuertes y seguras. De esas a quienes no les importa un carajo lo que digan los demás.

Olivia negó con la cabeza, con una expresión triste en el rostro.

—Nadie puede tener tanta seguridad, excepto tú, tal vez, pero eres dura y estás loca de remate.

—Esa es una cuestión de perspectiva.

Olivia volvió a negar con la cabeza, la ira y la lástima brillaban en sus ojos.

—No todos podemos escapar con las hadas, Cassie. Algunos de nosotros tenemos que quedarnos y lidiar con tus tonterías.

Entonces reí; era un sonido roto.

—Sí —le dije—. Seguramente desearías ser yo.

—Eso no es lo que quise decir. —Parecía un poco desconcertada.

—Lo sé. —Di unos pasos hacia ella para obligarla a recular—. Sé que eso no es lo que querías decir.


Mi madre podía estar furiosa por el libro, pero para entonces yo ya era adulta y había firmado todos los permisos correspondientes. Creo que no me importaba mucho. Era como si esa historia no tuviera nada que ver conmigo. Si al doctor Martin le hacía feliz contarle al mundo sus historias, adelante. Yo sabía ya una que otra cosa sobre eso.

# Extraviada entre hadas:
## UN ESTUDIO DE LA PSICOSIS INDUCIDA POR TRAUMA

### DR. V. MARTIN

Poco después del asesinato de su esposo, el abogado de C— me citó para evaluar su estado mental. El abogado insistió en que su clienta estaba demasiado enferma para ser juzgada y quería mi opinión profesional al respecto.

Aunque hacía años que había dejado de ser terapeuta de C—, fui requerido debido al largo tiempo que fue mi paciente y a la confianza que me tenía. En este momento ella se encontraba retenida en una sala cerrada del hospital. La policía la envió allí al observar el comportamiento «incoherente e inquietante» que exhibía después de que el cuerpo de su esposo fue encontrado.

El hospital psiquiátrico era un lugar lóbrego con paredes de color durazno, donde las comidas se servían en bandejas de plástico. Los pasillos tenían un intenso olor a antiséptico y comida. Creo que C— estaba allí porque no sabían qué más hacer con ella. Era sospechosa de asesinato pero tenía antecedentes de enfermedad mental, por lo que no podían dejarla sola. Permaneció allí durante seis largos meses, el tiempo que precedió al juicio y el que duró.

La visité al menos una vez cada dos días. Era un momento muy difícil para ambos. Puse tanto tiempo e interés en el caso de C— que casi me dejo llevar. A menudo llegaba al hospital temprano en la mañana y me daba cuenta de que había olvidado afeitarme o abotonarme la camisa. Teníamos una habitación reservada para hablar, con paredes color rosa salmón y macetas repletas de plantas tupidas de hojas verdes y gruesas. Entre nosotros había una mesa de madera clara con la superficie bien pulida. El techo era tan alto que incluso un ligero susurro de papel rebotaba en las paredes y volvía a nosotros con eco. Al otro lado de las ventanas enrejadas se veía el cielo, que era de un azul intenso, adornado con blancas nubes algodonadas. El aire del interior se sentía estancado a pesar del zumbido del aire acondicionado.

Mi pluma se deslizaba sobre las páginas del cuaderno negro mientras tomaba nota de nuestras conversaciones: esas palabras y otras tantas que vendrían después se habrían de convertir en la columna vertebral de este libro.

—Lo extraño —me dijo C—, y sus dedos acariciaban una taza de plástico con té diluido.

—Por supuesto que sí —dije con tanta gentileza como pude—. Él era tu marido.

—En realidad no. —Ella ya me había contado su propia versión retorcida de la verdad, que su esposo nunca se había casado con ella—. Yo lo maté... a T—; o sea, pero eso fue hace mucho, mucho tiempo.

—¿Ves? No coincidimos en eso. Recuerdo muy bien haberme reunido contigo y con T— en tu casa, y me pareció que él estaba perfectamente vivo. Era un hombre hecho y derecho, de carne y hueso.

—Así es como se suponía que debía verse —me explicó con paciencia, como si le hablara a un niño—. Pero no era él en realidad, ya lo sabes. Cuando el hechizo por fin se rompió, su cuerpo volvió a ser solo de ramitas y musgo.

—Eso no es lo que la policía encontró en el bosque. —Mantuve la voz tranquila—. Encontraron varias partes del cuerpo. Todas eran humanas.

—Simplemente se desbarató, en ramitas, de nuevo. —Mi paciente se aferró con terquedad a su historia.

—Eso no es lo que vio la policía —repetí.

—Era solo un residuo de la magia. El hechizo seguía siendo lo suficientemente poderoso como para darle la apariencia que debía tener, como un cuerpo humano normal. Pero en realidad solo eran ramitas. Si abrieras su ataúd ahora, eso es todo lo que encontrarías.

—Pero no podemos hacer eso.

—No… pero yo solo quería deshacerme del cuerpo. Ya no me servía a mí para nada, ni a Pepper-Man. El corazón de mi esposo se había quedado sin combustible.

—¿Quieres decir que ya no te amaba?

—¿Quién? ¿Pepper-Man? —C— levantó la vista de la mesa.

—No, T–. —Asenté la pluma y la miré a los ojos.

—T– nunca me amó —protestó de nuevo—. Es solo que yo era demasiado joven e ingenua y creí que sí.

—¿Y entonces Pepper-Man tomó su lugar?

—Sí.

—¿Sabes qué…? —Me recosté en la silla de plástico y estiré las piernas—. Puede ser que eso es lo que prefieres creer porque es más fácil pensar que desbarataste un montón de ramitas en lugar de desmembrar un marido de carne y hueso.

—No. Pepper-Man había sido T– durante años.

—¿Y T– lo sabía?

—Por supuesto que lo sabía, todo el tiempo fue Pepper-Man.

—¿Y ahora dónde está él?

—En algún lugar del bosque, con Mara.

—¿No han venido a visitarte?

—No —dijo con tristeza—. Aquí no.

Decidí que tendría que esforzarme un poco más si quería reajustar la percepción de la realidad de C–. Tomé la fotografía que había escondido entre las páginas de mi libro y me incliné sobre la mesa. En la fotografía estaba C–, una feliz novia sonrojada, y a su lado estaba el novio, vivo y sonriendo a la cámara.

—Creo que pelearon en el bosque ese día. ¿Ves eso? —La punta de mi dedo trazó la cicatriz que se extendía por toda la sien del novio—. Eso pudo deberse a la caída contra la roca. ¿O tienes otra explicación para ello?

—Si es que Pepper-Man recordaba la causa de esa cicatriz, nunca me lo dijo.

—Yo más bien creo que pelearon —continué— y luego se reconciliaron, se casaron y vivieron felices juntos por doce años completos. —Retiré la fotografía—. ¿Qué fue lo que cambió, C–? ¿Por qué te enojaste tanto con él?

—Nada cambió. Es solo que el hechizo se rompió. Siempre supe que tarde o temprano eso pasaría.

—Y ¿cómo se sintió Pepper-Man al respecto?

—No le importó mucho. Él solo quería experimentar ser humano otra vez. Sin embargo, creo que estaba feliz viviendo así conmigo. También tenía amigos, colegas de trabajo. Bebían cerveza y veían deportes en la televisión.

—Pepper-Man no siempre estuvo dentro de T–, ¿verdad?

—No, a veces era solo él mismo.

—¿Pepper-Man o T–?

—Pepper-Man.

—¿Cómo era T–, entonces, cuando Pepper-Man se salía? C– se encogió de hombros.

—No era nada, solo un cascarón vacío.

—¿No hacía nada? ¿No decía nada?

—No, solo se sentaba allí, vacío. No se movía en absoluto.

—¿Recuerdas un momento en que T– no fuera Pepper-Man, sino solo T–?

—No, después de que lo maté, no.

—¿Te refieres a ese día tan lejano en el bosque?

—Sí.

Suspiré y crucé los brazos sobre el pecho.

—Sabes que esta historia no sonará nada bien en la corte.

—Bueno, es la verdad.

—¿Puedes entender que a la mayoría de la gente le resultará difícil creer que un hado centenario habitó el cuerpo de tu esposo durante doce años? —Busqué en su rostro indicios de que mentía, pero no encontré ninguno.

—Eso es solo porque no conocen a ningún hada.

—¿Y que incluso les resultará más difícil de creer que el cuerpo en el bosque en realidad estaba hecho solo de ramitas?

—Bueno, eso es lo que era.

—Su familia y amigos aún creerán que era T–.

—Les regalé doce años más, ¿no es así? Creían que estaba vivo mucho después de que se había ido. Les ahorré el dolor y la pena por un tiempo.

—¿Entonces así fue como sucedió? Y ¿qué le dirías a la madre de T– ahora?

—Que lamento que el hechizo haya fallado, pero que esa es la naturaleza de tales cosas. No duran para siempre, en algún momento se acaban.

Suspiré y casi sonreí ante mi impotente miseria.

—Creo que tu abogado tiene un caso bastante sólido, C–. No hay forma de que te lleven a juicio.

Pero lo hicieron.

# IX

A la gente le encantó, por supuesto. Todos habían leído los titulares de los periódicos: «¡Sospechosa de asesinato culpa a las hadas!». ¿Quién no querría leerlo? Conocer todos esos pequeños detalles sórdidos y sucios, echar un vistazo bajo la cubierta. No importaba que el tribunal hubiera limpiado mi nombre, o que era increíble que una mujer tan escuálida como yo pudiera destrozar las extremidades de su marido de esa manera, ni siquiera con un cuchillo de carnicero o un hacha.

*Extraviada entre hadas: un estudio de la psicosis inducida por trauma* sigue siendo hasta hoy un «persuasivo estudio de las consecuencias a largo plazo del abuso infantil». Es una narración intensa y personal que detalla la relación médico-paciente entre una joven con problemas y un pionero en su campo, o al menos eso dicen las reseñas.

Todo es muy lineal en la narración del doctor Martin; la verdad se presenta como un regalo envuelto a la perfección con un moño brillante en la parte superior. En su verdad los pasteles de hadas se convierten en píldoras para drogarme, la leche de hadas se convierte en alcohol para hacerme obediente y sumisa. Los regalos que me dio Pepper-Man se convirtieron en dulces para sobornarme, para pagar por mi obediencia y mi silencio.

En su libro, el doctor Martin escribió sobre la noche que mencioné antes, la noche en que mamá y Fabia revisaron mi habitación y tiraron todos los regalos de Pepper-Man. Escribió que solo habían sido pasteles, caramelos y galletas lo que sacaron de los rincones de mi habitación; no menciona las coronas de ramas ni los globos oculares. No puedo precisar el momento exacto en que transformó la madera y el hueso en azúcar y glaseado, porque el doctor Martin y yo hablamos tantas veces que podría haber sucedido en cualquier momento. ¿Tal vez fue debido a los regalos mismos, a su encantamiento, que su naturaleza cambió ante los ojos —o los oídos— del espectador? Tal vez, cuando dije globo ocular, el doctor Martin escuchó caramelo; cuando dije ramita, oyó pastelito. Si lo que esperaba era que hablara de dulces, ¿dulces fue lo que oyó?

Creo que la forma en que el doctor Martin pudo procesar la idea de las hadas fue partiéndolo todo en porciones de información más digeribles, que podía masticar y tragar con más facilidad. Yo debí enojarme, por supuesto, pero no es fácil enfrentar una realidad como la mía. No puedo culparlo del todo por querer crear una nueva realidad más a su gusto.

Pero el libro del doctor Martin terminó por desgarrar la cortina de aparente respetabilidad y normalidad que mi madre se había esforzado tanto en mantener. A pesar de todas mis «dolencias» e incluso después del horror de mi juicio, ella nunca lo perdonaría por eso.

Por otro lado, yo lo admiraba por haber tenido la audacia de decir su verdad. Esa primera edición del libro del difunto médico era color rosa, por ello siempre he insistido en que todas mis novelas también lo sean, para honrar su memoria.

Además, el doctor Martin destinó un gran porcentaje del dinero de las ventas de su libro al que llamó «fondo Cassie». Decidió dármelo porque intuía que mi familia podría desheredarme después de leerlo. ¿Y qué podría hacer yo si ya no tenía los ingresos de Tommy? Viví bien y por largo tiempo con ese dinero, me sacó adelante hasta que comencé a tener ingresos por mi cuenta.

El doctor Martin fue un muy buen amigo mío.

—En muchos sentidos, las ilusiones en las que vive tu madre son tan profundas como las tuyas —me dijo una vez—. No ve las cosas que no quiere ver, en especial las que de alguna manera pueden provocarle sentimiento de culpa.

Eso fue un poco después del juicio; estábamos sentados afuera de una pequeña cafetería con vista al mar y bebíamos café con leche. Unas gaviotas sobrevolaban muy por encima de nosotros, y unas hadas con branquias y colas de pescado plateadas, con el cabello granuloso por la arena de la playa, se retorcían de dolor en la orilla que deja la marea.

—No es su culpa —le dije y le di un sorbo al café, para luego reacomodarme los lentes de sol que se deslizaron. Recuerdo que era un día muy caluroso, casi tan cálido como el día que conocí a Tommy Tipp. Era más agradable pasarlo junto al mar, donde la corriente de aire salado refrescaba nuestra piel. Iba vestida toda de blanco, inocente como una paloma.

—Bueno —respondió mientras me medía con esos intensos ojos café—. Tampoco se puede decir que sea tu culpa. Te han decepcionado de muchas maneras —dijo, mientras se secaba la frente con un pañuelo de tela y tomaba su medicina para el corazón. Ya era un hombre muy viejo para ese entonces; había dejado de ejercer su profesión y pasó sus últimos años escribiendo sobre mí.

—Lo que leí una vez en uno de sus borradores —dije, refiriéndome al manuscrito aún sin terminar que gentilmente me dejó leer— es que nunca sabremos en realidad lo que me sucedió, pero que alguien, en algún lugar, sabe la verdad…

—¿Sí?

—¿En ese momento estaba pensando en mi madre?

—Así es.

—Pero si ella también está delirando, tal vez su verdad sea tan torcida como la mía, a diferencia de lo que usted cree.

—Es posible. Pero es por eso que escribo este libro. Todo es por ti, Cassie, en tu defensa. Alguien debería poder decirlo como es, incluso si tu madre no puede o no quiere. Se trata de redimirte.

—Es un poco irónico que mamá fue quien lo llamó por primera vez, en aquel entonces.

—Para que alguien le ayudara a cargar el peso de la culpa que tenía, sin duda.

—¿En serio habría sido lógico que hiciera eso si estaba encubriendo algún secreto grande y oscuro?

—Negación, querida —argumentó el doctor Martin—. La negación es un impulso poderoso.

—Mara dice que usted es el de la mayor negación y que esta noche dejará una moneda en su almohada para demostrarle que sí existe.

—Ay, no, por favor. —La cara sin afeitar del anciano se cubrió de arrugas—. Por favor, dile que no lo haga. Odiaría que mi esposa te encontrara rondando la casa por la noche.

—Es Mara quien lo hará. Yo me quedaré en casa.

—Por supuesto que te quedarás en casa. —Los ojos le brillaron.

—Solo para que vea. —Hasta ahí dejé la conversación.

Mara me dijo después que había visitado al médico esa noche y había dejado a su lado media hojita y una bellota. Sin embargo, el doctor Martin nunca me lo mencionó, lo cual significa que no las vio, o que lo hizo pero pensó que era algo con lo que el gato había estado jugando, o que quizá su esposa las recogió.

O tal vez, solo tal vez, él también se instalaba en la negación.


A pesar de nuestras diferencias de opiniones, el doctor Martin fue un buen amigo. Sin él podría no haber salido ilesa de esas primeras adversidades, incluso si fueron los tecnicismos más que cualquier otra cosa los que determinaron el resultado del juicio. Aun así, fue amable de su parte tratar de redimirme.

Para cuando ocurrieron las otras muertes él ya había fallecido, y todavía a menudo me pregunto qué habría pensado de ellas.

# X

Recuerdo, hace mucho, mucho tiempo, cuando le conté por primera vez a Pepper-Man que había visto al doctor Martin. Estábamos tumbados en nuestro prado a la orilla del bosque. Era una tarde cálida, pero el sol se estaba poniendo. Era nuestro momento favorito del día, esa hora silenciosa antes de que llegara la noche. Nuestro lugar preferido era muy tranquilo, nunca pasaban autos ni perros por ahí. Supongo que era gracias a Pepper-Man, pues su presencia era perturbadora para la mayoría de las personas. Cuando me acosté de espaldas y miré hacia arriba, alcancé a ver que las copas de los árboles se mecían y las aves revoloteaban apresuradamente por el cielo. Me tomó la mano. Había cambiado con los años. Lo que solía ser retorcido, era suave. Lo que solía estar pálido, tenía un ligero tono rosáceo. Sus verrugas se habían esfumado; sus labios ahora eran rojos. Su cabello blanquísimo se había convertido en seda. Todo se debía a mí, a la sangre que lo nutría.

Se estaba convirtiendo en alguien más parecido a mí.

—¿Qué pasa si el médico cree que estoy loca? —Estrujé sus dedos—. ¿Y si me encierra en algún lado?

—Te encontraría. —Pepper-Man me apretó la mano también. Sus ojos ya no se veían tan turbios, sino que se habían convertido en un bosque verde, profundo y cálido.

—¿Me sacarías del manicomio? —dije, un poco en broma.

—Te sacaría sin importar dónde estuvieras encerrada. ¿Recuerdas la noche de la primera fiesta? Esa vez vine por ti.

—Es cierto —admití.

—Nada de lo que te hagan importa. Lo único que importa es lo que hay entre nosotros.

—Mamá no estaría de acuerdo.

—Tu madre no te conoce.

—¿Y tú sí?

—Sí. —Se dio vuelta y se tendió de lado, mirándome, con la cabeza apoyada en la mano. Ya no estaba vestido con andrajos, los había reemplazado con ropa color gris carbón—. Ten. —Me entregó un frasco de conservas que reconocí de nuestra despensa. La mermelada de naranja que solía contener había desaparecido; en cambio, contenía una ramita con dos moras, una mariposa blanca muerta y cuatro agujas de pino secas.

—¿Qué es esto? —Miré el curioso contenido.

—Lo que querías, mi Cassandra. Es una historia para que le cuentes a la gente, algo que creerán.

Es verdad, se lo había mencionado. Sacudí el frasco con suavidad.

—Así que una historia, ¿eh?

—Así es. Tal vez disfrutes ahora más eso que las coronas.

—¿Quieres decir que ya he crecido y pasado la etapa de los collares y anillos?

—Sí, un poco. —Pepper-Man sonrió. A pesar de su nueva belleza, la sonrisa aún parecía cruel; sus dientes eran demasiado afilados y sus labios demasiado rojos.

—¿Cómo la saco? —Le di la vuelta al frasco.

—Hiérvelo en agua y bébelo como té, o lo puedes comer como está, directo del frasco.

—Entonces mejor con agua.

Pepper-Man se sentó sobre las pantorrillas, levantó mi falda a la altura de mis muslos y buscó con el dedo un espacio de carne aún sin marcas.

—No te preocupes por el médico —dijo antes de que su cabeza bajara para alimentarse—. Nada de lo que ellos hagan podrá lastimarte.

Los regalos de las hadas son muy variados. A veces llegan en forma de inspiración. De las baratijas, adornitos y coronas se puede prescindir, pero me volví adicta al té mágico, a las historias líquidas contenidas en frascos. No hay mejor sensación que el poder de una nueva historia que se despliega dentro de ti, pétalo a pétalo. La magia de las hadas es el tipo más puro de magia porque combina con habilidad elementos de la naturaleza. Las hadas conocen todo lo que vive a su alrededor, se sienten atraídas por la vida y por la muerte. Sienten la esencia de cada hueso y cada árbol. En mis frascos, un abeto enojado y un sauce melancólico se encuentran con un brote de hierba belida feliz, o con la amarga descomposición de una avispa muerta. Nadie sabe con exactitud cómo acabarán las historias, ni siquiera el hada misma que las prepara. Eso es parte de la alquimia, nunca saber el resultado. Eso lo hace aún más interesante, tanto para ellos como para mí, ver qué resultado dará una mezcla en particular. La magia de las hadas es voluble: no hay garantías.

Pepper-Man sabía bien lo que hacía ese despreocupado día de final de verano, cuando me sujetó con esos grilletes poderosos. Mi amigo siempre fue bueno para eso, para encontrar nuevas maneras de complacerme.

Nuevos regalos para deslumbrarme, nuevas cadenas para sujetarme. Estaba aferrado a mí, con uñas y dientes.

Es imposible escapar de las hadas.

Esos regalos de hadas me salvaron, hicieron que mi vida miserable pareciera que valía la pena. Aunque detestaba la casa de mi madre y las paredes blancas de la habitación, al menos tuve una escapatoria. Entre las historias encantadas y mi

Pepper-Man, sentía que podía respirar. Durante muchos años eso fue lo único que tuve: Pepper-Man, esos frascos y el doctor Martin.

Creo que esa idea desesperada de escapar es la razón por la que mandé al diablo toda prudencia cuando apareció Tommy Tipp. Al ver su cabello dorado y sus ojos azules, solo deseaba con desesperación que alguien me salvara, que alguien me mostrara una vía de salida.

La idea del amor en sí mismo no me atraía tanto; incluso desde antes, nunca me había parecido una posibilidad real.

«Amor verdadero». «Estar predestinado para alguien».

Nada de eso tenía significado para mí. Incluso hasta el día de hoy creo que huele a mentira podrida. Es solo una de esas cosas que se espera que tengas para construir una vida decorosa. Es una cortina de humo.

Si tienes un esposo, en teoría no es posible que seas tan mala. Y si es guapo y exitoso resaltas aún más. Si no tienes, se considera que eres indigna y diferente, y que probablemente vives en el error. Sin el amor de un buen hombre, cualquiera que sea, eres una fruta podrida, alguien que carece de un sello esencial de aprobación. No importa si no estás preparada para ello o si te encuentras mucho mejor sola. No importa si tus inclinaciones hacen complicada, o incluso dañina, la cohabitación con otro ser humano. Estás obligada a vivir con alguien o, de lo contrario, tendrás que hacer frente a la eterna vergüenza y desgracia. Siempre serás una persona de segunda clase. Nadie te puso el sello de aprobación.

Sin embargo, no pensé mucho en esas cosas cuando conocí a Tommy Tipp y comencé a dormir con él en el bosque. Supuse que nos mudaríamos juntos cuando llegara el otoño y el suelo del bosque se volviera demasiado frío y húmedo. Era un lugar adecuado solo para las noches de verano, con su musgo suave y aire perfumado.

Las hadas se congregaban a nuestro alrededor, reían, nos señalaban y susurraban.

No me importaba que nos vieran. Mi corazón era un desastre. Yo tampoco estaba acostumbrada a nada de eso, a esa palpitación, a ese anhelo, a la miel dorada y pegajosa que brotaba cada vez que él estaba cerca y endulzaba todo.

Pepper-Man dijo que en aquellos primeros días con Tommy incluso adquirí un sabor a miel tibia y aromática.

# XI

Y ahora, mis jóvenes amigos, finalmente es hora de hablar sobre Tommy Tipp y de lo que le sucedió en ese bosque.

El verano que nos conocimos, aunque Tommy tenía veinticuatro años, todavía vivía con sus padres. Las cosas habían sido un poco difíciles para él después de haber salido de prisión y estaba teniendo dificultades para rehacer su vida. Su madre era una mujer gris y amargada que se ganaba la vida vendiendo botones, cintas e hilos. Su padre reparaba autos.

Yo tenía dieciocho años cuando lo conocí, trabajaba tiempo parcial en la biblioteca y trataba de encontrar mi equilibrio en un mundo que no me había tratado con gentileza. Estaba contemplando la posibilidad de entrar a la universidad, tomaba té en frascos de conservas y escribía todas las noches, mientras Pepper-Man leía por encima de mi hombro. Mi madre y el doctor Martin me bombardeaban con píldoras: un montoncito de puntos azules, blancos y morados. Siempre las escupía y las tiraba por el inodoro.

Pepper-Man dijo que no me hacían bien, que eran incompatibles con la comida de hadas. Yo, por supuesto, también vivía en casa, mi habitación blanca estaba llena de naturaleza muerta, y cada día que pasaba me sentía más pequeña y más oprimida.


Tommy pensó que yo era peculiar, o sea diferente. Eso fue lo que lo atrajo. No era como las otras mujeres que caían desmayadas a sus pies. Para ser honesta, yo ni siquiera había pensado mucho en hombres hasta ese momento. Tenía a Pepper-Man, Mara y mis amigos en el bosque, ¿cómo podría pensar en alguien más? También pensaba que mi vida no tenía solución. Sabía que la vida que llevaba me distinguía de otras personas, y que nunca, jamás, se cerraría esa brecha, pero Tommy también era diferente. Él vivía aislado de todo, igual que yo, solo que por diferentes causas. Él nunca se integraría por completo a la sociedad de S—, su pasado y su mala reputación siempre lo perseguirían y condenarían; su vida tampoco tenía solución ante los ojos de los demás. Creo que por eso lo dejé entrar en mi vida.

Aunque ahora todos sabemos que fue un error.

Se me acercó en el trabajo una vez que entró a leer los periódicos y echar un vistazo a los anuncios de ofertas de empleo, o al menos fingió que estaba haciendo eso. Creo que mi completa falta de atención hacia él mientras empujaba el carrito de los libros que estaba clasificando lo molestó bastante. Estaba acostumbrado a que lo miraran, su autoestima dependía de ello. Él sabía todo sobre mí, por supuesto. Sabía que era la hermana medio loca de Olivia Thorn, que solía caminar sola en el bosque, hablar con personas invisibles y a veces incluso lanzar cosas cuando estaba furiosa. Nada de eso lo desconcertó en absoluto.

Un día vino cuando yo estaba en el escritorio y se apoyó en el mostrador de madera para preguntarme:

—¿Estás tan loca como dicen? —Sus ojos azules se clavaron en los míos.

—Sí —dije, reprimiendo una sonrisa—, incluso más loca.

—Qué bien —respondió, peinando su cabello con la mano. Parecía un poco nervioso—. ¿Quieres salir a caminar cuando hayas terminado? ¿Tomar un helado?

—¿Por qué?

—Porque es un día caluroso y el helado es mejor con compañía. —Intentó deslumbrarme con una sonrisa, pero no fue suficiente. Más que nada estaba perpleja; no entendía lo que quería.

—¿Por qué? —pregunté de nuevo.

—Porque las cosas dulces siempre saben mejor entre dos —respondió y guiñó un ojo. Seguía sin entenderlo. Confundida, sacudí la cabeza.

Él suspiró inquieto.

—Mira, solo quiero conocerte, eso es todo. Siempre te veo aquí, empujando ese carrito… Te he visto algo sola, es todo. Me preguntaba si te gustaría tener un poco de compañía.

Pasé saliva con fuerza. Nadie antes se me había acercado de esa manera y él parecía sincero. Me pasaron por la mente viejas advertencias sobre no irme con hombres desconocidos, pero, por supuesto, no les hice caso. Las cosas que asustaban a otras chicas a mí nunca me dieron miedo. No tenía razón para tenerlo, siempre estuve bien protegida de los extraños.

—Está bien —dije al fin, y vi cómo sus hombros se relajaban mientras dejaba escapar el aliento contenido. Rara vez tenía que esforzarse para obtener un sí, así que mi renuencia debe haber sido difícil de digerir.

Cuando salí del trabajo, él me estaba esperando: con la chamarra de cuero colgada sobre el hombro, sin duda para mostrar sus músculos abdominales y el pecho esculpido debajo de la camisa, pero yo no me fijaba en esas cosas. Caminamos despacio hacia el muelle, donde había varias heladerías de muchos colores, con sus pequeñas mesas bajo amplias sombrillas de plástico. Recuerdo haber sentido una suave brisa que hizo volar los envoltorios de dulces y las páginas sueltas de periódicos que estaban en el suelo, además de la sensación desconocida de caminar al lado de un hombre. Recuerdo que no sabía qué decir ni cómo actuar, y eso me molestaba.

Sin embargo, a Tommy Tipp no le faltaba qué decir.

—¿Con quién hablas cuando estás sola? —preguntó, al tiempo que nos sentábamos en una mesa de plástico blanco y dábamos lengüetazos a nuestros conos de helado. El sol era muy sofocante ese día y la luz hacía que su cabello brillara como el oro. El helado de color rosa se derretía más rápido de lo que podía comerlo; las pesadas gotas descendían por los costados del cono y se escurrían entre mis dedos hasta casi llegar a mi muñeca.

—Con mis amigos invisibles —contesté, tratando de no parecer reservada. Para mí coquetear era un idioma extranjero, pero él sin duda lo hablaba con fluidez.

—Ah, ¿en serio? —Le brillaron los ojos—. ¿Qué tienen que decir que sea interesante?

—Me dicen cosas —le respondí, honestamente. No encontré ninguna razón para mentirle, aunque sabía que mamá habría querido que lo hiciera.

—¿Qué te dicen? —me instó a seguir. Tenía en el rostro una expresión que yo no entendía, a medio camino entre el coqueteo y la burla.

—Todo tipo de cosas. —Me encogí de hombros.

—¿Te cuentan sobre tesoros escondidos o chismes sobre quién besa a quién?

—No. —A veces lo hacían, pero ese no era el punto.

—¿Entonces de qué hablas con ellos?

—De cosas normales, cotidianas. Aunque casi siempre hablo solo con uno de ellos, de género masculino. —No mencioné entonces a Mara. Ella era muy importante para mí, incluso más que Pepper-Man, pero era un secreto.

—¿En serio? —Tommy parecía intrigado cuando le mencioné a mi compañero—. ¿Él es tu novio?

—No realmente.

—¿Es un fantasma?

—Quizá.

—¿Se pondría celoso si encontraras un hombre real?

—Es probable —respondí con franqueza. En realidad no sabía cómo reaccionaría Pepper-Man—. Él piensa que le pertenezco.

—¿Esto es un desafío? —Tommy esbozó una inmensa sonrisa detrás de lo poco que quedaba de su helado, con una gota color rosa en la barbilla.

Finalmente me encogí de hombros, siguiendo ese amable juego, ese dulce, dulcísimo preludio al amor.

Tommy me miró, todavía sonriendo.

—Desafío aceptado. —Rio y guiñó un ojo.

—A lo mejor no es buena idea —le advertí al ver a Gwen junto al mostrador de la heladería, un hada de pelaje dorado que conocía. Me estaba mirando fijamente y sacudía la cabeza mientras la punta blanca de su cola se meneaba sobre el suelo detrás de ella.

—Estoy acostumbrado a los desafíos difíciles —dijo Tommy Tipp, arrugando la servilleta de papel en su mano—. Supongo que tú ya sabes todo sobre mí.

—Solo lo que dice la gente. Y dicen muchas cosas.

Se rio y se peinó de nuevo con dedos firmes.

—No saben ni la mitad, y las cosas que sí saben son falsas.

—Entonces cuéntame —le pedí. Me encontraba cada vez más cautivada por sus ojos. Eran del azul más azul que había visto en la vida. Todo tipo de luces vivían allí.

Gwen se iba acercando hacia mí mientras hablábamos. Cuando estuvo lo suficientemente cerca, se inclinó y me susurró al oído:

—No seas tonta, pequeña Cassie, tu marido no lo tolerará. —Entonces me sentí un poco confundida. Pepper-Man no era mi esposo, ¿o sí? Decidí ignorar a Gwen, aunque fue difícil porque olía como el zorro del que se alimentaba, un fétido olor a pelambre y animal salvaje mezclado con cierto tufillo de sangre seca.

—Quería una vida diferente, ya sabes —dijo Tommy Tipp desde el otro lado de la mesa—. Solo buscaba un poco de aventura, una vida que fuera un poco menos predecible que la que tenían mis padres.

—Una vida de crimen sin duda parece emocionante —reconocí. O al menos eso creía.

—Nunca has hecho nada malo, ¿verdad, Cassie?

—Ay, Dios, más bien nunca puedo hacer nada bien.

—Me refiero a algo ilegal.

—No, no… No lo creo.

Gwen posó una pata en mi nuca y presionó hasta que sentí sus garras negras clavándose en mi piel.

—¿Y el tesoro que tienes en la colina, Cassie? ¿Y tu familia?

Aparté la pata, pero mi cabeza dio un giro brusco y chocó contra el hada.

—No le importará —dije—. No le importará en absoluto. Él solo quiere lo mejor para mí. —Había olvidado hablar en silencio en mi cabeza. Lo olvido siempre, pero deseé no haberlo hecho en ese momento.

—¿Qué? ¿Hablaste con tu amigo invisible? —Tommy tenía los ojos abiertos de asombro y parecía estarse divirtiendo—. ¿Acabas de hacerlo justo ahora? ¿Hablaste con él?

—No con el que mencioné, sino con otra —admití—. Y ella no quiere que hable contigo. Le lancé una mirada furiosa a Gwen. Vete, le dije en silencio. Vete.

—¿Por qué? —La mirada de Tommy buscaba en vano en el aire en donde estaba parada Gwen.

—Ella piensa que él se molestará, pero no lo creo. —Al menos eso esperaba. Pepper-Man no siempre hacía lo que yo pensaba que haría.

—No pareces tan segura. —Una sonrisa se dibujó en los labios de Tommy—. ¿Qué crees que haría si te besara?

—Nada, probablemente. Pero puede llegar a ser desagradable. —Fruncí el ceño cuando Gwen me pellizcó.

—No deberías hablar así de él —dijo, y me dieron escalofríos porque Gwen por lo regular era muy amable conmigo.

—¿Cómo que desagradable? —preguntó Tommy Tipp.

—No importa, porque no pasará —exclamé. Seguramente, Pepper-Man estaría contento si yo encontrara a un joven agradable que me hiciera compañía. Después de todo él era mi mejor amigo, mi único apoyo en este mundo.

—Deberíamos averiguarlo —dijo Tommy.

Cuando salimos de la heladería ese día, Tommy Tipp me tomó de la mano mientras caminábamos por el muelle. En mi corazón hubo una agitación que nunca antes había sentido. Su piel era suave y cálida, y su sonrisa torcida, que unas horas antes me había parecido tan ordinaria, ya me tenía encantada. De repente se me revelaron las cualidades deslumbrantes que con tanta claridad veía cualquiera de sus amantes. «De veras es magnífico», pensé, mientras lo admiraba de reojo. «En verdad es muy guapo».

Y no se burló de mí en absoluto, ni fue cruel ni sarcástico. Sus carcajadas habían sido agradables y despreocupadas, y de verdad parecía querer saber sobre las hadas y siguió preguntándome sobre ellas a medida que nos acercábamos al centro de la ciudad.

—¿Con qué frecuencia ves a tus amigos invisibles?

—No muy a menudo —mentí—. Unas pocas veces a la semana, tal vez. —No quería abrumarlo. Aún se sentía demasiado frágil el tierno vínculo que estábamos forjando. Por eso no le dije que Gwen todavía estaba con nosotros, a escasos pasos detrás de él, y que otras hadas se le habían unido, formando una fila de cuerpos irregulares, cuernos y garras que nos seguían los pasos. No quería que Tommy se diera cuenta, así que procuraba no voltear hacia atrás, pero noté que Hawking estaba allí, un hada de la misma altura de Pepper-Man, con el pelo tan negro que contrastaba a la perfección con el pelo blanquísimo de Pepper-Man. También estaba Francis, un hada de aspecto joven que siempre sospeché que era una criatura metamórfica. Algunos de los más pequeños eran descarados y me mordieron la falda mientras caminaba. Esteban, con las alas de murciélago gigantes replegadas sobre la espalda, se acercó a mí y me sonrió:

—Me comería a tu amigo si tú fueras mía. —Su oscura mirada se clavó en la mía.

—Pepper-Man no hará tal cosa. —Esta vez fui inteligente y hablé en silencio en mi cabeza.

—No lo tolerará —advirtió Esteban, del mismo modo que lo hizo Gwen.

Caminamos todos por la calle principal, entre escaparates de tiendas de ropa y de dulces. Tommy Tipp todavía me tenía tomada de la mano, me contaba sobre la prisión, sobre su compañero de celda que también veía cosas invisibles. Fantasmas, dijo. Su compañero de celda veía fantasmas.

—Todas las noches se despertaba a las tres de la mañana sobresaltado. Era la hora en la que el tipo que murió en nuestra celda regresaba golpeando un sartén con una cuchara. Creo que antes de que lo asesinaran solía ser cocinero. Yo nunca lo vi ni lo escuché, pero mi compañero de celda juraba que era verdad.

—Mis visitantes no son así. No siguen el reloj.

—Pero básicamente son iguales, ¿no? —Las hadas se rieron a nuestras espaldas.

—Bueno —dije—, se parecen en que están muertos. —Alguien me pateó la pierna.

—Solo quiero que sepas que estoy abierto a todo tipo de cosas. ¿Quizá naciste siendo médium?

—Tal vez. —Sentí que casi me desmayaba—. ¿A dónde vamos?

—Te acompaño a casa por la ruta larga —dijo con otra de esas sonrisas deslumbrantes—. No te importa, ¿verdad?

—No. —¿Cómo podría resistirme a tener su mano en la mía tanto como fuera posible?

Estábamos casi al final de la calle, cerca de la iglesia, cuando de repente me jaló de la mano.

—Ven —dijo—. Tentemos al destino. —Una línea que había usado mucho, estoy segura. Cruzamos la puerta y entramos al cementerio. Fue el movimiento más inteligente que pudo hacer, aunque claro que él no lo sabía. A las hadas no les gustan las tumbas ni las cruces. Les recuerda lo que son y lo que eran. Que su estado natural es el de huesos en descomposición. Así que todas se quedaron en la puerta—. Ven —repitió Tommy Tipp y me llevó entre los tejos. Allí, debajo de las hojas puntiagudas venenosas, me rodeó con los brazos, me estrechó contra su cuerpo cálido y me besó en los labios con dulzura una vez, dos veces. Después el beso se volvió apasionado y sediento, causó el desorden, encendió todo y me dejó temblando. Sus manos recorrían impacientes mi espalda por encima del vestido, y mis manos se hundieron en su cabello mientras nos besábamos.

Entonces lo vi, por encima del hombro de Tommy: una figura solitaria cerca de la puerta. Pepper-Man me miraba fijamente por entre las lápidas, con los puños cerrados a los costados y el cabello ondeando por una brisa que solo él podía sentir. Pero estaba sonriendo; sí, estaba sonriendo. Entonces me relajé y cedí al momento, disfrutando cada beso que recibí, sin preocuparme ni un segundo más de que Pepper-Man pudiera comerse al hombre que ya empezaba a amar.


Me enamoré de Tommy como una tonta, sin reservas y sin precaución. Cuando lo conocí, pensé que había encontrado a alguien en quien apoyarme, que podía sostenerme y aceptarme. Nunca había pensado que podía tener eso.

Creo que para él yo era un misterio, una nueva aventura, algo que no podía descifrar del todo. A Tommy Tipp le encantaban los desafíos.

Ambos fuimos muy felices al principio.

# XII

Tommy no era un hombre que compartiera sus sentimientos, pero yo parecía agradarle lo suficiente. Solía esperarme afuera de la biblioteca y tomar con su cálida mano la mía mientras me guiaba hacia el bosque. Le pregunté una vez qué fue lo que vio en mí que los demás no pudieron ver.

—Eres más inteligente de lo que pareces —respondió él, acostado de lado, completamente desnudo, acariciando mi mejilla con una pajita.

—¿Qué quieres decir con eso?

—Bueno, no te pintas la boca y lees muchos libros.

—Entonces, ¿no soy bonita?

—Lo eres —contestó, y luego agregó—: De una manera peculiar.

—Pero ¿no te da vergüenza que te vean conmigo en la ciudad?

—¿Por qué? —Alzó las cejas—. Les estamos haciendo un favor, dándoles algo de qué hablar.

—Y tus padres, ¿qué dicen?

Él se encogió de hombros.

—Dejaron de decirme qué hacer hace mucho tiempo. Pero ¿qué hay de ti, Cassie? ¿No te da vergüenza que te vean con un criminal como yo?

—En realidad no lo había pensado. —Me sorprendió este cambio de perspectiva. Estaba tan acostumbrada a ser el motivo de vergüenza de los demás que me pareció extraño pero emocionante colocarme del otro lado—. No me avergüenza. Creo que estoy enamorada, más que nada.

Tommy no respondió a eso, pero se ruborizó y sonrió. Tomó una pajita del suelo y me hizo ligeras cosquillas en la cara.

—Eres extraña, Cassie —dijo.

Tommy y yo hacíamos buena pareja; ambos éramos una mancha en nuestras familias. Tal vez fue natural que gravitáramos el uno hacia el otro. ¿Dónde más podríamos encontrar una aceptación similar? ¿Quién podría haber estado mejor preparado para entender nuestra situación que otro marginado social?

Pepper-Man apoyaba mi plan de salirme de esa blanca habitación, pero tenía poca paciencia conmigo en mi embeleso por Tommy.

—Esta ansia y necesidad son una aflicción que pasará pronto, es necesario que lo sepas. —Estábamos en la habitación blanca, sobre la cama blanca, bajo las sábanas blancas.

—¿Por qué? —pregunté, embriagada de amor.

—Porque es fácil hacer promesas que más adelante preferirías no cumplir. Una verdadera compañía como la nuestra dura más tiempo porque está sellada con sangre y magia. Esa otra compañía, la que tienes con él, es pasajera como una estrella fugaz, magnífica en este momento, pero luego se va a desvanecer y tienes que prepararte para ese día.

—¿Por qué?

—Porque debes saber qué hacer cuando él ya no te convenga.

—Nunca me cansaré de Tommy Tipp.

Suspiró y se dio la vuelta para alejarse de mí.

—Por supuesto que te cansarás. Si construyes una vida con él, ya no tendrás tiempo para visitar la colina.

—Siempre tendré tiempo para visitar la colina. Tommy lo entiende. Sabe que tengo otros amigos que él no puede ver.

—Es cierto, pero no entiende en realidad.

Eso era verdad, por supuesto. Tommy sabía poco sobre la magia y la sangre, sobre lo importantes que eran.

—Pero no te importa lo que siento por Tommy Tipp, ¿o sí?, ni que me acuesto con él en el bosque…

—Claro que no. —Se dio la vuelta y me volvió a mirar con sus ojos verdes brillantes—. Es bueno verte tan feliz, mi Cassandra, y ¿qué es él para mí sino una bocanada de aire? Pronto se volverá a ir, créeme, lo sé.

—No creo que se vaya —hablé en voz baja—. No creo que alguna vez deje de amarlo.

Pepper-Man me tomó la mano.

—Sé que piensas eso, mi amor, pero la gente no siempre es lo que parece.


A menudo he pensado que Pepper-Man ya sabía que Tommy tenía secretos. Que lo había observado y sabía la verdad mucho antes de que yo me diera cuenta. Era como si me estuviera preparando para el golpe que estaba por venir… En retrospectiva, no sé cómo me siento al respecto, lo que sí sé es que no pasaría mucho tiempo antes de que el agudo veneno del odio empezara a mezclarse con el dulce amor que sentía en esos primeros días de verano por mi Tommy.


Y es así que por fin llegamos a la perla en la ostra, a lo que tanto ansiaban saber. No quiero enfadarlos ni hacerlos sufrir más, pues ya han sido más que pacientes conmigo. Les diré lo que le pasó a Tommy Tipp. Lo diré y luego tendrán la libertad de juzgarme como quieran. Sucedió al final de ese dulce verano de amor. No había hecho planes para ver a Tommy ese día, pero mi corazón se agitaba solo de pensar en él. Había terminado mi día de trabajo en la biblioteca revisando ediciones antiguas de novelas policiacas y libros de misterio. Había decidido ir a la colina después del trabajo para ver a Mara y a Pepper-Man en lugar de volver a casa. ¿Qué haría en casa? ¿Quedarme ociosa en esa habitación blanca y estrecha, o escuchar las quejas de mi madre sobre mi forma de vestir, de peinarme y de caminar?

Mi madre ahora tenía que usar lentes, unos angulosos de montura plateada, pero no le ayudaban a suavizar su apariencia, con los labios rojos y la cicatriz en la piel, cuando venía a regañarme. Tenía el cabello teñido de rubio como antes e igual de bien rizado y acomodado. Me recordaba a un halcón en pleno sobrevuelo, siempre en busca de una jugosa presa, alguien que haya tropezado o caído. Mi padre había dejado que la edad madura llegara e hiciera de él lo que quisiera, y esta lo premió con canas y una barriga. Se había dejado crecer la barba, posiblemente por presión de mi madre, para ocultar las arrugas y la piel flácida. La barba completa le daba más que nunca una apariencia de oso salvaje y enojado.

Ferdinand ya era un joven que se aproximaba a la edad adulta. Era pálido y larguirucho, un fantasma silencioso e invisible entre nosotras, sus hermanas: yo, la loca que era la vergüenza familiar, y Olivia, la incipiente reina de belleza de S–. Nuestro hermano era lo suficientemente inteligente como para mantener un perfil bajo, le iba bien en la escuela y cuando estaba en casa de vacaciones permanecía solo. Pasaba desapercibido por el radar de mamá como un pez escurridizo. No estoy segura de lo que hacía con su tiempo. Ninguno de nosotros lo sabía, supongo.

Si hay algo de lo que me arrepiento en la vida, es de haber descuidado a mi hermano.

Ese día me dirigí al bosque, a la colina. Para entonces conocía el camino a la perfección, sabía cómo dejar que mi mundo se desvaneciera y el suelo bajo mis pies me guiara hacia el otro camino. No era difícil deslizarme hacia el otro lado del umbral; caminar entre los mundos se volvió tan fácil para mí como ponerme un par de guantes.

Ese día en particular Pepper-Man había venido a saludarme. Estaba de pie junto al camino, justo al borde del bosque, como alto centinela de ropa oscura entre los imponentes árboles.

Volvió la cabeza hacia mí, con su expresión como impresa en mármol tallado.

—No vayas más lejos hoy, Cassandra.

—¿Por qué? ¿Qué pasa?

—Hagamos otra cosa… Caminemos un rato, mejor hacia el otro lado.

—No —dije—. Quiero ver a Mara.

Pepper-Man negó con la cabeza.

—Mara puede esperar. No hagas esto.

—¿Qué? —El corazón me latía con violencia en el pecho—. ¿Qué pasa? ¿Por qué no puedo caminar hasta la colina? —Ya estaba asustada. Pepper-Man rara vez se ponía así de serio.

Pepper-Man no respondió mi pregunta, solo dijo:

—Podemos tomar otra vereda. Hay muchas formas de llegar a la colina.

—Pero ¿por qué no podemos ir por este camino? Tienes que decirme. ¿Tiene algo que ver con Mara? ¿Está bien?

—Mara está bien. Está en la colina haciéndose una trenza con plumas en el pelo.

—Entonces, ¿qué es lo que está pasando?

Pepper-Man hizo una pausa, sus ojos verdes me midieron.

—Muy bien, mi Cassandra, te lo mostraré.

Después pude reflexionar bastante sobre ese momento. En especial en estos últimos años he estado pensando y preguntándome cuántos de aquellos sucesos supuestamente aleatorios que pasaron en esa época pudieron haber sido planeados por Pepper-Man. Él me conocía muy bien, claro, sabía dónde presionar y cómo forzar las cosas. Y el viejo astuto también era ambicioso y mañoso.

Tal vez quería que las cosas terminaran como siempre.

Pepper-Man me hizo internarme en el bosque, pero esta vez el camino no se bifurcó como solía hacerlo cuando caminábamos hacia la colina. No, en vez de eso continuó todo recto hasta el «lugar de los encuentros amorosos», como lo llamé en mi cabeza, donde Tommy Tipp y yo solíamos ir a divertirnos.

—¿Qué pasa? —pregunté a espaldas de mi compañero, pues solo veía su largo cabello blanco—. ¿A dónde me llevas? ¿A dónde vamos?

Él no me respondió de inmediato, siguió dándome largas.

—Ten paciencia, mi Cassandra. Tienes que verlo por ti misma. —Y agregó un amenazante—: Recuerda, mi amor, te lo advertí.

Llegamos al lugar de los encuentros amorosos, detrás del cual el espumoso arroyo corría en forma precipitada haciendo un ruido tan fuerte que ahogaba los otros sonidos que se escuchaban a medida que nos acercábamos. No los vi hasta que los tuve enfrente: Tommy Tipp estaba con los jeans caídos hasta los tobillos y, en el suelo debajo de él, una mujer con la blusa rosa arremangada hasta la altura de la clavícula, con los enormes y suaves pechos sacudiéndose acompasados cada vez que él arremetía entre sus piernas. Las nalgas de él se veían escuálidas y paliduchas desde ese ángulo incómodo. La mujer se mordió el labio, tenía agujas de pino enredadas en el largo cabello castaño. Me di cuenta de que era la madre de una de las amigas de Olivia, una mujer desagradable llamada Annie. En ese instante sentí que un puñado de sal cayó sobre mi corazón acaramelado y contaminó toda esa dulzura irremediablemente. Sentí que Tommy Tipp me asestó un duro golpe, fuerte, justo en la boca del estómago. Apreté los labios y mis ojos se llenaron de lágrimas. Dentro de mí se empezó a formar un doloroso lamento al tiempo que el castillo de sueños se hacía añicos.

El brazo de Pepper-Man se posó sobre mis hombros.

—¿Qué quieres hacer ahora? —susurró dentro de mi cabeza.

Lo jalé para sacarlo del camino y me oculté con él entre los árboles. No quería que Tommy me viera todavía, como si el solo hecho de molestarlos en el acto de alguna manera me hiciera sentir a mí más insignificante.

Entre los altos árboles, levanté mi falda roja sobre mis caderas, invitando a Pepper-Man a entrar. Fue una venganza mezquina e inútil, lo sé, en especial porque solo se trataba de mi amigo, pero al menos me impidió soltar el grito contenido. Me pareció escuchar los gemidos de los otros mientras Pepper-Man estaba dentro de mí, pero bien pude haber sido yo misma; estaba apoyada contra un árbol, con las piernas dobladas alrededor de la cintura de mi compañero. El áspero tronco me raspaba la espalda y mis calzones en el suelo se llenaron de hormigas. Cuando llegué al clímax, esperaba que todo hubiera terminado y que mi ira y mi dolor se hubieran disipado con esa liberación física, pero al ponerme de pie con la ayuda de Pepper-Man me di cuenta de que seguía tan furiosa y afectada como antes.

—¿Ahora qué quieres hacer? —volvió a preguntarme, mientras se relamía de los labios los restos de mi sangre.

—Esperaremos —dije, acercándome al lugar de los encuentros amorosos por entre la vegetación. Me dolía la espalda por haberme recargado en la áspera corteza del árbol y tenía los muslos resbalosos por los fluidos. Dejé en el suelo la ropa interior llena de hormigas.

Al echar un vistazo al lugar de los encuentros amorosos por entre las ramas, pude ver que Tommy Tipp también había terminado. Estaba abrochándose los jeans. La madre de Annie se estaba poniendo el sostén. Tenía la cara relajada y sonrojada, parecía saciada.

Tommy estaba un poco alejado de ella, mirando en otra dirección. «Eso fue todo con la madre de Annie», pensé. Levantó del suelo su chamarra de cuero y buscó sus cigarros en los bolsillos, como siempre hacía al terminar. La familiaridad de esos movimientos era como una daga que se clavaba en mi roto corazón. Era él, realmente era él, *mi Tommy*, quien me había traicionado.

Esperé hasta que dejaron el lugar de los encuentros amorosos y entraron en el camino sinuoso. Tommy caminaba por delante y fumaba. Ella lo seguía al tiempo que se abotonaba la blusa. Ninguno de los dos hablaba con el otro, quizá no tenían nada que decirse.

Salí directo a su encuentro en el camino, me sentía herida y hervía de ira.

—¡¿Cómo pudiste?! —grité y la cara se me retorció cuando comencé a llorar.

—Cassie… —Se detuvo ante mí con los ojos confundidos y la boca desencajada.

—¿Cómo pudiste hacerme eso? —gemí, y sollozos profundos salieron de mi pecho.

—Pero Cassie —dijo mientras intentaba poner una mano sobre mi hombro, la cual me sacudí con brusquedad. Retrocedí unos pasos; aún luchaba contra los poderosos sollozos que seguían brotando, alimentados por la ira y la decepción.

—Se suponía que eras especial. Tú eras el que me llevaría lejos.

—Mejor me voy —dijo la madre de Annie al pasar junto a nosotros, y las puntas de sus dedos rozaron con suavidad el hombro de él. Quería golpearla. Golpearla con saña.

—Cassie —volvió a decir Tommy después de que ella se fue. Puso ambas manos sobre mis hombros y trató de captar mi mirada con la suya—. Nunca te prometí nada. —Sus ojos eran sinceros—. Nunca dije que te llevaría a ninguna parte. Solo nos divertimos un poco, eso es todo.

—Pero pensé que estábamos enamorados. —Mi voz seguía siendo un gemido, y mocos y lágrimas me caían por el rostro.

Tommy Tipp se echó a reír. Él se rio.

—Ni siquiera creo que sepas lo que eso significa, Cassie. Y aunque me gustas, también me gustan otras mujeres.

En ese momento me hizo sentir la más estúpida. Ni siquiera se me había ocurrido la posibilidad de que él siguiera compartiendo ese tipo de intimidad con otras personas. Había dado por sentada cierta exclusividad.

—Mira —continuó—. Tampoco tú has dejado de ver a otros chicos; a veces, cuando estoy dentro de ti, puedo sentir que alguien más ha estado allí recientemente. Pero tú nunca me has escuchado a mí quejarme.

—Eso es diferente —sollocé, secándome las lágrimas con el dorso de la mano, y luego con el dobladillo de mi falda.

—¿Cómo que es diferente? —Su voz sonó un poco molesta—. Y no me vengas con esas charlas sobre tus «amigos invisibles», porque ambos sabemos que son solo mentiras. Si la estás pasando bien, al menos deberías reconocerlo.

—¿Como tú? —Todavía sostenía el dobladillo de la falda en mis manos.

—Como yo —respondió, y luego volteó a verme—. ¿Por qué estás desnuda? —Vio que no llevaba ropa interior y notó los rastros de humedad en mis muslos—. ¿Nos estabas espiando? —Abrió los ojos como platos—. ¿Te estabas tocando? —En sus labios se dibujó una amplia sonrisa y su risa se elevó por encima de las copas de los árboles—. En serio eres la persona más retorcida que he conocido, Cassie. ¿Sabes cómo se les llama a las personas como tú? Pervertidos —escupió la palabra—. Así se les llama.

Al escuchar eso le di un golpe.

Sucedió muy rápido, fue como un destello y luego todo se volvió confuso, y tal vez, solo tal vez, una mano detrás de mí me ayudó a agregar mayor velocidad y potencia al golpe.

Desconcertado, Tommy Tipp cayó de espaldas en la maleza con una expresión mezcla de sorpresa e incredulidad.

Al caer, su cabeza se golpeó con fuerza contra una filosa piedra que estaba medio oculta entre la maleza y los helechos, la cual le cortó la sien y le atravesó el cerebro.

No creo que haya sufrido mucho.

Pero allí estaba yo, destrozada y abatida, viuda antes de casarme. Miré el cadáver de Tommy Tipp y cómo la sangre iba formando un charco resbaladizo junto a la piedra.

En este punto supongo que se sentirán confundidos. Todo esto sucedió mucho antes de que ustedes nacieran, pero ustedes visitaron a su tío Tommy Tipp muchas veces. Fue mi esposo durante más de una década; entonces, ¿cómo pudo haber muerto a los veinticuatro años? Lo que pasa es que, como ya les dije, Tommy no era quien ustedes pensaban.

Pero, si les siguen dando vuelta a las páginas, les diré exactamente quién era.

# XIII

Después de que Tommy se desplomó, Pepper-Man y yo nos quedamos por un momento en silencio, solo mirando su cuerpo sobre los helechos y su cabeza ensangrentada sobre la piedra, con el cabello dorado apelmazado y teñido de rojo. Me sentí más sola que nunca. Un brillante sueño me había sido arrebatado y en su lugar me quedó un problema del tamaño de un hombre adulto. No significa que no lo haya llorado, claro que lo lloré, pero todo eso vino después. En ese preciso momento y en ese lugar, más que nada me sentí sola, confundida y con una abrumadora conmoción.

—¿De verdad está muerto? —le pregunté a mi amigo, esperando contra todo pronóstico que todavía hubiera en él alguna chispa de vida.

—Sí. —El dedo del pie desnudo de Pepper-Man tocó el dobladillo de los jeans de Tommy.

—¿Y ahora qué hacemos?

—Tenemos que deshacernos de sus restos antes de que alguien pase.

—¿No deberíamos avisarle a alguien?

—¿Quieres que le avisemos a alguien?

—No… no si se puede evitar. —Un nuevo miedo afloró desde mi estómago. Me imaginé encarcelada de por vida y por mi mente pasó la mirada furiosa de mi madre y el doctor Martin moviendo la cabeza con desilusión. No podría nunca más jugar en el bosque, no habría más Mara ni más Pepper-Man.

—No te preocupes —dijo entonces Pepper-Man—. Mis hermanas en el arroyo lo cuidarán por ti.

—¿De verdad?

—Por supuesto.

Luego nos dirigimos hacia allá.

Pepper-Man sostuvo el torso de Tommy y alzó la cabeza de la piedra. Yo agarré las piernas, aunque mi amigo era tan fuerte que mi contribución solo fue simbólica. Lo trasladamos atravesando el lugar de los encuentros amorosos, pero por mi estado de ánimo en ese momento ni siquiera reflexioné al respecto. Hasta después me di cuenta de que el cuerpo de mi amante muerto atravesó el mismo lugar que hacía poco había visto nuestros cuerpos desnudos y había probado de las mieles de nuestra pasión.

Cuando llegamos al arroyo, apoyamos el cuerpo, que tenía la boca abierta y la mandíbula floja. Su sien se veía muy mal, era un revoltijo de piel rasgada y cartílago. Sus ojos azules miraban vacíos hacia la nada. Ya no era Tommy, era un muñeco de trapo que lo personificaba, pero vacío de toda esencia y de vida.

—¿Lo llevarán a la colina? —pregunté.

—No. —Pepper-Man sacudió la cabeza—. Este no es para nosotros.

—¿Cómo puedes saberlo? —De alguna manera yo sí podía imaginármelo convirtiéndose en un troll o en un hada con cuernos de carnero y pies hendidos.

—No es lo suficientemente fuerte como para unirse a la tierra de hadas. —El pie de Pepper-Man reposaba sobre el hueso de la cadera de Tommy, listo para empujarlo hacia la corriente viva.

—O más bien tú no lo quieres allí. —De repente me inundó la sospecha.

—Ya que lo mencionas, creo que te merecías a alguien mejor —admitió Pepper-Man cuando Tommy cayó al agua.

El cuerpo se sumergió, pero no se hundió, sino que ascendió a la superficie boca abajo. El arroyo le jaloneó la ropa, listo para llevarlo corriente abajo, pero luego empezaron a salir del torrente las manos de las ninfas, pálidas y delgadas. Siete u ocho de ellas agarraron el cuerpo y lo jalaron hacia el fondo, hasta que no quedó rastro de él.

Como si nunca hubiera estado allí.

Ahora entienden por qué tengo razones para sospechar. Era muy conveniente que las ninfas de agua estuvieran allí en ese momento, preparadas y hambrientas de carne fresca. Casi se podría pensar que fue planeado, que Pepper-Man lo tenía todo preparado. Una de las ninfas de agua cargó a partir de entonces, y durante mucho tiempo, los ojos de Tommy como si fueran diamantes. Me estremecía cada vez que los veía parpadear, colgando de una cuerda entre sus senos. Supongo que a ella le parecían tan bonitos como a mí me lo parecieron alguna vez. No sé qué pasó con el resto del cuerpo, a excepción de su corazón, con el que sí sé qué pasó.

Después de que Tommy se fue, Pepper-Man y yo nos sentamos junto al arroyo, mirando la corriente de agua.

—Se suponía que me llevaría lejos —dije—. Se suponía que él sería el medio para escapar de esa casa, de la habitación blanca y de mi madre.

—Lo sé. —El brazo de Pepper-Man rodeó mis hombros.

—¿Ahora qué puedo hacer?

—Espera otro.

—Eso puede llevar tiempo. Ya sabes que no soy la primera opción de la mayoría de los hombres.

—Entonces la mayoría de los hombres son tontos —respondió Pepper-Man.

—Aun así, necesito uno, a menos que me vaya a la escuela.

—Eso quiere decir que nos abandonarías. —No era una pregunta.

—No es por gusto. —Mi mente estaba evaluando las opciones que me quedaban: podía ignorar las conversaciones de las personas y mudarme por mi cuenta, pero el trabajo en S— era escaso, y tomaría mucho tiempo y paciencia adquirir suficiente experiencia para obtener un ingreso decente. Yo esperaba que Tommy se hiciera cargo del dinero, aunque nunca imaginé cómo lo haría. En mi mente nublada por la lujuria, supongo que me había imaginado que funcionaría de una u otra forma. Nunca se me ocurrió siquiera preguntarle si yo estaba entre sus planes.

Aprendí muchas lecciones duras ese verano.

—Podría haber otra forma —dijo Pepper-Man—, si estás dispuesta a intentarlo.

—¿Qué forma? —Mis ojos seguían clavados en el agua.

—Podrías traer de vuelta a Tommy. —Giré la cabeza y lo miré. Su belleza helada se veía más severa a la luz del sol. En su piel se reflejaban manchas color verde por la luz que se filtraba a través de las hojas sobre nosotros—. Podríamos hacer otro Tommy —explicó—. No sería el mismo, pero te serviría bien por un tiempo.

—¿En qué sería diferente?

—Se vería igual, y esto es lo más importante si queremos engañar a su familia y amigos, pero lo ataríamos a ti, como un sirviente. Nunca te dejaría y nunca tocaría a nadie más. Podemos conservar tantos rasgos de su personalidad como desees; sugiero eliminar todo, menos sus recuerdos, y también le daría algunas nuevas habilidades. Lo haría de forma que te cuide como se debe.

—¿Cuándo podemos empezar? —Me había puesto de pie, ansiosa por deshacer lo que acababa de causar.

Pepper-Man se rio entre dientes.

—No tan rápido, querida. El trabajo es complicado y hay muchas probabilidades de que falle. No te prometo que tenga éxito, pero creo que al menos deberíamos intentarlo. No quiero ver que te marchitas en esa habitación.

—¿Qué quieres a cambio? —Sabía muy bien que ningún favor de las hadas era gratis.

—¿Además de tu felicidad? —Sus dedos se contoneaban en el suelo, casi tocando el agua—. Ya lo discutiremos si tenemos éxito. Una cosa más —agregó después de que asentí con la cabeza, ansiosa porque todo eso acabara. Tenía ganas de seguir adelante—. Él no durará para siempre… las obras así son inestables. Tarde o temprano las costuras se reventarán.

Volví a asentir, pero apenas puse atención en lo que dijo. Quería hacer un nuevo Tommy, hacer un nuevo novio y seguir con mi vida.

—¿A la colina, entonces? —pregunté, asumiendo que allí sería donde se llevaría a cabo el trabajo.

—A la colina —confirmó Pepper-Man, y emprendió el camino detrás de mí.


Pepper-Man no mintió al decir que el trabajo era complicado y que había muchas posibilidades de errores y contratiempos.

Cuando llegamos a la colina, una vieja hada, a la que yo había nombrado Harriet, nos recibió en la puerta con leche y pasteles de miel para mí. Ella se rio en voz baja, lo cual me hizo suponer que ya toda la colina estaba enterada de lo que había pasado.

—Es peligroso amar a una chica como tú, Cassie. —Tenía la nariz retorcida y los bigotes le temblaban al hablar.

—Creo que fue la falta de amor lo que lo hizo caer. —Gwen apareció detrás de ella. Llevaba en la cabeza un pañuelo amarrado a la antigua para ocultar sus orejas, pero los ojos dorados y el pelaje de sus senos desnudos todavía la delataban. Ella nunca podría pasar por humana, aunque no creo que haya querido hacerlo.

—Las chicas del agua trajeron el premio. —Harriet se acercó de prisa por detrás de nosotros con la bandeja—. Era grande y carnoso. —Hizo un gesto hacia un cuenco de madera colocado en una silla frente a una de las muchas chimeneas, en el cual puso el corazón de Tommy Tipp. Una docena de hadas, altas y pequeñas, se pararon a su alrededor para mirarlo. Cuando llegamos al círculo nos hicieron espacio, después de todo era nuestro premio.

Me había imaginado que el corazón se vería dañado de alguna manera, creía que se vería pequeño y arrugado o negro con podredumbre. Pero no fue así. Era fresco y delicado, rojo intenso y reluciente como una joya pulida. Mara se paró a mi lado y me tomó de la mano. En ese entonces era una niña de unos catorce años, según los estándares humanos. Usaba una falda de algodón verde y café que yo le regalé y que se arrastraba por el piso cuando se movía. Plumas cafés adornaban su cabello rebelde, y su piel pálida estaba salpicada de pecas.

—No te preocupes —dijo con dulzura en mi cabeza—. Él ya era una causa perdida.

Apreté su mano, agradecida.

—No quise hacerlo.

—Ahora estarás mejor, cuando te hagamos uno nuevo, y no pasarás veinte años entregándote a él como una esclava.

—Es un regalo, supongo. —No podía dejar de mirar el corazón.

—No muchas chicas pueden construir a sus maridos desde cero.

—Quita lo malo y agrega todo lo que te guste.

—Solo queremos ayudar. —Harriet acomodó la bandeja.

Una de las chicas del agua se había quedado en la colina. Con los ojos pálidos y escurriendo agua se sentó sobre una mesa, mientras se secaba el cabello.

—Sabía a vino. —Se lamió los labios—. Pero por momentos también tenía un cierto sabor agrio y amargo.

—¿No son todos así? —preguntó Harriet.

—Hagan un poco de espacio —dijo Pepper-Man, y los tres nos acercamos al cuenco mientras los demás retrocedían. Mara levantó la mano como para tocar el corazón, pero la detuve a medio camino.

—No lo hagas. Ya no confío en él.

—Ya está muerto —dijo Mara.

—Por el momento —le recordó Pepper-Man.

Harriet, Francis y Gwen trajeron manojos de ramitas y las arrojaron al suelo.

Francis clasificó las ramitas en montones por tamaño.

—Hagámosle a Cassie un marido. —Sonrió y se sentó con las piernas cruzadas en el suelo. Nos unimos y, uno por uno, fuimos eligiendo ramitas de las pilas y nos dedicamos a plegarlas y trenzarlas.

Al principio el nuevo Tommy era una cosa lamentable, hecha a las prisas, pero Pepper-Man dijo que el corazón debía estar fresco, así que trabajamos contra reloj, es decir, el reloj de las hadas, que a veces se mueve más rápido que el nuestro. El nuevo cuerpo de Tommy Tipp parecía un espantapájaros, los dedos de las ramitas apuntaban a izquierda y derecha, una pierna un poco más larga que la otra, pero Pepper-Man dijo que eso no era importante; lo importante era la idea del hombre detrás del objeto, no las proporciones anatómicas perfectas. Mara le llenó el pecho de hojas y flores, y Harriet vertió miel sobre su pelvis y la realzó con un gran palo de roble. Pepper-Man sopló arena en su cráneo vacío, Francis le dio piedras de río por ojos y Gwen le puso labios de plumas. Por último, yo le coloqué una corona de flores y mechones trenzados de mi propio cabello. Supongo que era para que él pensara solo en mí.

Habíamos dejado un hueco vacío en el pecho; Pepper-Man tomó el corazón del cuenco y lo colocó ahí con cuidado. Sellamos el hueco con más hojas brillantes y verdes, y Harriet vertió más miel encima, creo que para hacerlo amable.

Entonces esperamos. Y esperamos. No había hechizo mágico, ni poción para beber. Solo esperar. Todos mirábamos al hombre de ramitas en el suelo, el nuevo Tommy en potencia. Había más hadas a nuestro alrededor ahora, al menos veinte, o tal vez más. Todos admiraban nuestra obra. Me quedé sentada con las piernas cruzadas en el piso de tierra, más cerca que nadie del hombre de ramitas sin vida. Mi corazón seguía latiendo agitado, buscando alguna señal, algún tic, algún signo de aliento, cualquier cosa que indicara que estaba cobrando vida.

—Tal vez debimos usar raíces. —Harriet estaba parada junto a mí, con las manos apoyadas en sus anchas caderas.

—Podríamos haberlo llenado con la tierra del lugar donde cayó y que estaba empapada en su propia sangre —agregó Gwen.

—Quizá su corazón es demasiado débil —dijo Pepper-Man—, todavía más débil de lo que pensaba.

Entonces comencé a llorar de nuevo, pues me temía que esta última fuera la respuesta. Mara vino a consolarme y presionó su suave mejilla contra la mía.

—Ahora lo buscarán —dije—. La madre de Annie puede delatarme.

—¿Quién lo va a extrañar? —preguntó Pepper-Man—. Pensarán que se fue. Era de ese tipo de hombres.

Sin duda eso era indiscutible.

—Tal vez, pero ¿ahora cómo voy a escapar de la habitación blanca?

—Démosle un poco más de tiempo —dijo Harriet.

Y esperamos. Y esperamos. La versión de Tommy hecha de ramas no se levantó. Sequé mis lágrimas más de una vez, apretando a Mara contra mi pecho.

—Hay otra manera —dijo Pepper-Man—. No es fácil, pero se puede hacer.

—¿Cual? —pregunté—. ¿Qué se puede hacer?

—Puedo cargarlo durante un tiempo. —Un murmullo atravesó la asamblea, no sé si de asombro o de falsa sorpresa—. Podría infundirle vida al cuerpo comiéndome su corazón.

Sacudí la cabeza confundida.

—¿Y entonces tú serías él?

—Sí y no. Aún podría recordar a Tommy y permanecer en esa jaula de ramitas solo el tiempo necesario para ser tu esposo y rescatarte de la casa de tu madre.

—Pero tendrías que trabajar —le recordé—. Mantener el jardín e ir a reuniones y comer carne asada. —Simplemente no podía imaginarlo: Pepper-Man uniéndose al mundo.

—Como sabes, siempre he ansiado absorber más vida. De esta forma podríamos estar juntos de verdad, tú y yo, hombre y mujer, aunque sea por un tiempo.

—¿En serio harías eso por mí? —Me sentí extrañamente conmovida.

—Por supuesto que lo haría. —Sonrió—. Haría cualquier cosa por ti, mi Cassandra. Sabes que siempre te protegeré.

Y así fue como, al final de ese largo y horrible día, volvimos a retirar el corazón de mi amante del pecho y lo colocamos en un plato de porcelana roto. Pepper-Man se lo comió crudo, solo lo partió con un cuchillo de plata. Los demás nos reunimos alrededor de él en la mesa y observamos cada bocado que se llevaba del plato a los labios. Era voraz mi Pepper-Man, no dejó ni un pedacito en el plato.

Cuando terminó de comer, me besó en los labios, dejando en ellos un residuo del corazón de mi amante.

—No te preocupes, mi amor. Todo estará bien, ya verás.

Francis y Harriet habían trabajado en el hombre de ramitas mientras Pepper-Man comía; quitaron el relleno de la parte de atrás para que él pudiera meterse al armazón. El cuerpo de ramitas sería una especie de armadura en la que quedaría encapsulado, igual que en un sarcófago.

Todos nos reunimos de nuevo, formando un círculo alrededor de Pepper-Man y su esqueleto de ramitas, y finalmente empezó a suceder algo: la piel y la carne comenzaron a formarse y a cubrir el esqueleto. La madera misma se hinchó y se convirtió en carne y huesos. Los ojos de piedra del río se volvieron de un azul glorioso y las pupilas sangraron desde sus profundidades. El palo de roble entre sus piernas se volvió suave y flojo, las plumas se convirtieron en labios de color rosa. Debajo de la corona el cabello dorado brotaba cayendo en mechones brillantes. Los dedos se flexionaron y los labios se separaron, mostrando hileras de dientes blancos.

Entonces el cuerpo inhaló profundo.

Toda la colina pareció temblar a nuestro alrededor con esa primera aspiración de aire.

Las hadas no suelen respirar, les recuerdo. Había pasado mucho tiempo desde que Pepper-Man lo hizo por última vez.

Luego se movió.

Dio un paso. Dos pasos.

Entonces, me abrazó y me besó. Se parecía a Tommy y se sentía como él, pero olía claramente a Pepper-Man.

—Te dije que funcionaría —dijo con la voz de Tommy, incluso con el acento astuto que él tenía.

Mara vino a abrazarnos a ambos, encantada por este giro de los acontecimientos.

—Pueden estar juntos ahora. Puedes vivir en la superficie como lo hacen los humanos.

Y sí, de hecho, podríamos hacer justo eso: vivir en la superficie como personas normales, con hipotecas por pagar, un jardín y un empleo de nueve a cinco.

Hasta que el hechizo se rompió.


Y así fue como Pepper-Man se convirtió en mi esposo, lo cual explica por qué les digo que Tommy Tipp no era quien ustedes pensaban.

El hechizo nos duró unos doce años, impulsado por el corazón de Tommy Tipp. Sin embargo, cuando finalmente se acabó, como todos sabemos, fue un completo desastre.

La apariencia de Tommy, o lo que la gente suponía que era él, no cambió casi nada. Esa primera noche, después de que le hicimos aquel cuerpo de ramitas, hojas y piedras de río,

Pepper-Man fue a la casa de los padres de Tommy y subió a su cuarto sin que nadie sospechara nada.

—¿Cómo te sientes de estar realmente vivo de nuevo? —pregunté, mirando a mi amante de fresno y roble. En ese momento estábamos parados afuera de la casa de mis padres; el frío de la noche había llegado con un soplo de escarchas. Me abrazó y me apretó contra su pecho, que estaba vacío y sin latidos.

—Podría comer una montaña de ternera, bailar toda la noche y beber un barril entero de cerveza.

—Pero ten cuidado, aún no estás acostumbrado. Asegúrate de que nadie se entere.

—Ay, Cassandra —se rio—. No te preocupes. Haré que todos crean en mí, en nosotros y en la vida que tendremos. —Después me dio un beso de despedida, presionó sus labios suaves contra los míos y me susurró al oído—: Ahora vamos a estar bien, Cassie. Todo estará bien, ya lo verás.

Se parecía a Tommy, hablaba como él, decía frases que Pepper-Man nunca antes había usado. Después de todo había ingerido su corazón y había probado cada emoción ahí contenida. Recordó todos los días de la vida de Tommy que valía la pena recordar; sin embargo, no olía como él: su aroma era fuerte y picante, dulce, como de hada.

Pero la vida sí le sentaba bien, tenía las mejillas de color rosáceo y sus ojos brillaban con alegría. Parecía que tenía un resorte cuando caminaba, moviendo aquellos pies de ramitas por la acera.

—¿Estás seguro de que conoces el camino? —le dije a la espalda revestida de cuero.

—No te preocupes, querida Cassandra. Como puedes ver, mi cabeza funciona bien.

# XIV

El nuevo Tommy Tipp era mejor que el verdadero. Se levantaba temprano y caminaba por las calles de S– con sus pocas buenas referencias en la mano, una de ellas del taller de la prisión, hasta que por fin consiguió un puesto de aprendiz con Barnaby, el cerrajero local.

La gente no pasó por alto la ironía: que un exconvicto fuera quien reparara sus cerraduras y asegurara sus puertas para impedir la entrada de los intrusos. Sin embargo, el sentido común anuló su preocupación. No había forma de que un hombre ingresara de forma ilegal a una casa donde él mismo acababa de instalar las cerraduras. Solo por eso mi esposo se hizo bastante popular en su nueva profesión. Un amuleto de buena suerte, si quieren, o una protección contra la maldad.

Para mí era muy lógico. Pepper-Man siempre había sido bueno con las manos; esos dedos largos y fibrosos que podían trenzar y torcer ramas para crear regalos. También le fascinaba conocer los hogares de las personas y la forma en que vivían, y este trabajo le permitió ver bastantes. Era rápido y eficiente, Barnaby amaba al nuevo Tommy.

Y todas sus noches las pasaba conmigo.

—Tal vez Tommy estaba cansado de jugar —dijo el doctor Martin cuando por fin le conté la verdad. Estábamos en el hospital, justo antes del juicio—. Quizás el golpe que recibió en el bosque le hizo percatarse de que lastimaba a la gente, de que quería otra vida y, al ver la sangre derramada, se dio cuenta de cuán lejos se había desviado de su objetivo. Quizá le hiciste un favor al empujarlo y hacer que cayera sobre esa roca, tal vez con esto lo ayudaste a aclarar sus prioridades.

—Tommy Tipp no sintió nada en ese momento. Estaba muerto, devorado por las chicas del agua.

—¿No crees que la ira que sentiste al verte traicionada te hizo desear que Tommy muriera? ¿Que después de lo que viste en tu lugar de encuentros amorosos te pareció más seguro meter a tu viejo amigo Pepper-Man dentro de él? Convertirlo en un hombre que no era hombre facilitaría relacionarse con él, ¿no es así?

—No era un hombre. Era un hada.

El doctor Martin se echó a reír, sin malicia, claro está.

—Por lo general pasa al revés, ya sabes. Lo común es que, si vemos algo extraño en nuestros cónyuges, nos asustemos y, a veces, si estamos un poco confundidos, digamos que ese no es nuestro ser querido, que se convirtió en un caparazón que está poseído por un extraño, «el diablo» o «un demonio», o algo por el estilo… En los viejos tiempos tuve otros pacientes que juraban que sus esposos o esposas se habían convertido en otra cosa, en entidades con malas intenciones, demonios, por ejemplo. Creo que todos, a veces, cuando vemos que nuestras parejas al otro lado de la mesa del desayuno actúan diferente a lo acostumbrado, creemos que está ocurriendo algo malo y esto está destruyendo lo que más apreciamos… Tal vez es solo que las personas están cambiando, desenamorándose. Pero tú querías algo diferente, querías que tu Tommy fuera reemplazado por un ser. Para ti, esa era la opción más segura. Como hombre entre hombres no puedo culparte por completo.

—No tenía que querer nada. Pepper-Man se convirtió en Tommy porque él así lo quiso, porque yo lo necesitaba.

Aunque en fechas recientes se me ocurrió que él planeó todo. Quizá quería ser Tommy Tipp. Tal vez ese era su plan.

—¿Para experimentar la humanidad?

—Para volver a experimentar la humanidad.

—Eso no se parece mucho al Pepper-Man de tu infancia. El que te dio noches de insomnio. ¿Por qué crees que cambió?

No respondí la pregunta con la verdad, pues sabía que el doctor Martin no lo entendería. No creo que Pepper-Man cambiara para satisfacer mis necesidades, como él mismo me había hecho creer. Creo que él cambió porque yo cambié. Verán, esa es la maldición de las hadas: tienen que estar en constante cambio, evolucionando, adaptándose, luchando por aferrarse a un núcleo de sí mismas. Son como el aire, en cierto modo, o el agua: reaccionan a los cambios de temperatura y ambiente, y, por supuesto, a lo que comen.

La clave está en la dieta. Siempre.

Él cambió porque se había alimentado de mí durante tanto tiempo que adoptó los rasgos de la humanidad a través de su alimentación. Es decir, a través de mí aprendió de nuevo a ser un hombre, pero permítanme aclarar una cosa: Pepper-Man en esencia era egoísta, como cualquier otra hada. Mi bienestar era su bienestar; mi camino era el suyo: él me necesitaba más que yo a él. En aquel entonces, cuando era Tommy, yo seguía siendo la fuente de la experiencia que ansiaba, así como su fuente de vida.

¿Hubo alguna vez romance entre nosotros? Seguro. Pero siempre fue mucho más que eso. El amor era solo un juego: lo que contaba siempre era el hambre. Y a Pepper-Man le gustaba vivir a través de mí; cuando se alimentó de mí se volvió fuerte, gordo y muy lúcido, vívido. Creo que con su humanidad casi olvidada mi sangre resonaba de forma más profunda que, por ejemplo, la savia de un abedul o la sangre del corazón de un zorro.

Creo que cuando estaba vivo, hace mucho, muchísimo tiempo, Pepper-Man era un hombre muy peligroso. Debe haber tenido una lengua melosa y el don de la persuasión. Me lo imagino como un príncipe mercante contando monedas de oro. No tenía sentido preguntarle, pues no recordaba nada. Pero la plantilla, el modelo básico del hombre que había sido todavía estaba allí. Despiadado y astuto, ese era mi Pepper-Man, sin importar su agradable exterior.

Quizá también me adapté y aprendí a vivir con el monstruo en lugar de luchar contra él. Si lo hice, sucedió hace mucho tiempo, tanto que ya no recuerdo cómo se sintió tener miedo de Pepper-Man. Al principio era feo, seguro, y siempre me preocupaba por lo que haría, pero luego él siempre estuvo a mi lado, era un compañero estable que me conocía más íntimamente que nadie y el único que me defendió durante mucho tiempo. Eso me reconfortaba. Hizo lo que mamá no pudo y me dio un sentido de autoestima. Para él yo era preciosa, aunque solo fuera su fuente de existencia.

A fin de cuentas no puedes ser más importante que eso.

En estos últimos años ha vuelto a cambiar y ha palidecido hasta adquirir un color gris polvoriento.

Creo que eso significa que quizá yo también estoy cambiando, que con la edad estoy perdiendo poco a poco mis colores. Me pregunto qué aspecto tendré al final.

¿Me reconoceré al verme al espejo cuando salga por la puerta de esta casa por última vez?

Después de fundirse con Pepper-Man, Tommy dejó la costumbre de beber y apostar. Dejó atrás sus vicios humanos durante el primer invierno de su nueva vida y, antes de casarnos, dábamos juntos largos paseos por las calles de S— y tomábamos helados junto al mar. Me llevaba al cine y me compraba pastelitos y rosas.

Las mujeres con las que antes Tommy Tipp mantenía relaciones observaban este nuevo comportamiento con sospechas y recelo. Pronto se corrió el rumor de que yo había quedado embarazada y que él me apoyó porque en realidad era un buen hombre y quiso hacer «lo correcto». Cuando pasó el tiempo y no vieron al bebé, dijeron que le había mentido o había abortado.

Los rumores incomodaron a mamá.

—Él debería hacer de ti una mujer decente —dijo—. No es necesario alimentar la fábrica de chismes. Dios sabe que sería mejor para todos si dejaras esta casa para siempre.

No le importó en absoluto que hasta hacía poco la gente consideraba que Tommy Tipp era una «mala compañía». Creo que cualquier hombre le habría dado igual, con tal de que le quitara de encima a la hija incómoda, pienso que habría preferido olvidar que yo existía.

Después de siete meses de desempeñar el papel de Tommy el cerrajero, Pepper-Man le dio gusto a mamá y se casó conmigo el primer día de mayo. La boda tuvo lugar en el ayuntamiento. La madre y las tías de Tommy Tipp se pusieron vestidos azul claro y rosa salmón, se quitaron los sombreros de paja y vinieron a arrojarnos arroz mientras bajábamos por las escaleras. Después de la breve ceremonia sus padres organizaron una parrillada en la que hubo cerveza y comida, y destapamos una botella de champán. Mi vestido era de seda azul; lo había comprado en una tienda de segunda mano. El diamante en mi mano era nuevo, Tommy Tipp lo había comprado con su salario como cerrajero. Mis padres no asistieron, aunque enviaron flores y una tarjeta. Solo Olivia y Ferdinand me acompañaron. Este último tenía poco de haber abandonado la universidad y llegó tarde al evento. Olivia llevaba un vestido color champán que la hacía verse vieja y aseñorada. Ferdinand llevaba una camisa arrugada y una corbata con dibujos de pequeños elefantes. Él tomó una cerveza y Olivia solo mordisqueó una pieza de pollo.

—No querías que ellos vinieran, ¿verdad? —preguntó Ferdinand cuando el reloj marcó la medianoche. Hacía mucho tiempo que Olivia se había ido a casa y la primera cerveza de mi hermano se había convertido en muchas más con sorprendente facilidad.

—¿Mamá y papá? No, claro que no.

—Bueno. Si hubieras querido que vinieran, me habría molestado que no lo hicieran.

—¿Dijeron algo en casa? ¿Por qué no vinieron?

—Ella dijo que la parrillada no era «su tipo de celebración»... Sabes que mamá puede ser un poco esnob. Pero Olivia y yo estamos felices por ti.

—Dile a mamá que le doy las gracias por las flores. Diles que pensé que fue un gran gesto y muy dulce de su parte.

¿Lo ven? Yo ya estaba aprendiendo a fingir. Ya sabía decir las cosas exactas para apaciguar a las bestias.

Unos años después lograría dominar por completo ese arte, y también lo haría Pepper-Man-en-Tommy. Éramos dos extraños disfrazados viviendo entre ellos.

Nunca nadie sospechó nada.


Después de juntar todos los platos sucios y llevarlos adentro, y después de recoger hasta la última lata de cerveza vacía tirada entre los árboles y arbustos del jardín familiar, Pepper-Man-en-Tommy y yo fuimos al bosque, a la colina, y nos casamos de nuevo.

Pepper-Man y yo no necesitábamos ritos de sangre que mezclaran nuestros flujos vitales, pues ya lo hacíamos desde mucho tiempo atrás. Tampoco era necesario que siguiéramos la tradición de saltar la escoba, pues sabíamos que no daríamos fruto, lo hicimos por el puro gusto de celebrar y por nuestra futura vida juntos, así como por haber logrado liberarme de la recámara blanca. Levantamos nuestras copas para brindar por Tommy Tipp y por su corazón, ese órgano duro y fibroso que nos había llevado a esta dicha.

Pepper-Man dejó su caparazón de Tommy vestido de rojo, y bailó conmigo de forma salvaje y desenfrenada. El flautista y el baterista improvisaron una estridente melodía, un vals contundente y un tango tan peligroso que casi dejamos ahí las piernas. Mara también bailó, arrastrando la falda y cambiando de pareja más rápido de lo que la música se lo permitía. Había abundantes pasteles de miel apilados junto a manzanas rojas fuera de temporada, nueces garrapiñadas y violetas. El vino dulzón corría desde los barriles hasta las copas sin fondo. Mi vestido de seda azul se rasgó, se me rompió el tacón izquierdo. El diamante en mi dedo brillaba. Mara me besó en los labios, su piel estaba cálida y ruborizada por el baile. Puso en mi frente una corona de boda hecha de rosas silvestres, espinos, polillas y campanillas de plata.

—La novia de un hada —susurró—. Eso es mi madre.

—Una niña hada —le susurré—. Eso es mi hija.


Supongo que después de todo esto ya se están preguntando quién es Mara. ¿Quién es esta persona tan querida para mí que jamás ha figurado en ninguno de los relatos que les contó su madre, esa joven por quien visito la colina y me llama mamá? La joven con la que he estado peleando y de la que ya les he advertido, aunque tal vez no lo suficiente.

Les contaré sobre Mara y su nacimiento.


Mi pequeñita nació cuando yo tenía catorce años. Fue un accidente, el resultado de mi breve periodo como mujer fértil.

No estaba preparada para la pubertad de la manera en que llegó. No esperaba despertar entre sábanas pegajosas y ver a Pepper-Man rastrear la nueva sangre con los dedos y quedarse observándola como hipnotizado. Tenía más o menos idea de cómo sería, no era tonta y había leído libros, por supuesto, pero no esperaba que fuera algo tan macabro.

—La sangre significa que tu cuerpo ya está maduro. —Pepper-Man se estiró detrás de mí, al tiempo que colocaba una mano sobre mi vientre adolorido, sobre la leve hinchazón que había aparecido durante la noche—. Ahora puedes tener tus propios hijos, generar vida en ese pequeño vientre tuyo.

—¿Y si me desangro? —Apreté la cara con fuerza contra la almohada y el edredón amortiguó mi voz.

Pepper-Man se echó a reír detrás de mí.

—No va a pasar, las mujeres siempre han sangrado. Sangrar por periodos es la maldición de tu género. En algún punto se detendrá y luego volverá a comenzar. No hay forma de escapar de la sangre ahora, al menos no hasta que tu cuerpo esté lo suficientemente gastado.

—Pero duele. —Me acurruqué en posición fetal, presionando mi vientre.

—¿Quién dijo que sería fácil un regalo así? La sangre es el precio de la vida, siempre lo ha sido. —Pasó uno de sus largos dedos por las sábanas ensangrentadas y se llevó el índice a los labios para saborearla.

—Haz que pare —le supliqué—. Sé que puedes hacerlo.

—¿Por qué? Ni siquiera yo puedo retroceder el curso del tiempo. Uno madura cuando madura, y tu sangre será aún más gruesa, profusa y tendrá mejor sabor.

Recuerdo que en ese momento algo se rompió en mí como si fuera un caleidoscopio.

Por un breve instante lo vi todo, lo sentí todo: me di cuenta de cómo me robaba, de cómo se deleitaba con mi sangre y mi dolor y vivía a mis expensas. Por primera vez me molestó.

—Soy yo quien te da vida. —Intenté que sonara como acusación.

Él se rio a mi lado, con la mano descansando sobre mi vientre.

—Eso es justo lo que haces, y qué buena fuente de vida eres.

—Nunca me preguntaste si estaba de acuerdo.

—Alimentarse es algo natural. Tú tampoco le preguntas al animal con el que vas a preparar tu asado del domingo si le importa o no ser tu comida.

—Pensé que me amabas —dije.

— ¡Y claro que es verdad! ¿Cómo no podría amar una sangre tan exquisita como la tuya? Me has hecho quien soy, has sustentado mi ser y por eso estaré para siempre a tu servicio.

—Pero tiene un precio.

—Siempre lo hay. Todo lo que vale la pena tiene un precio.

—¿Entonces, cuánto valgo para ti? —pregunté—. ¿Yo qué obtengo a cambio de lo que te doy?

—Soy tu sirviente y estoy ligado a ti por la fuerza de la sangre y la sombra. ¿No es eso suficiente?

Y lo fue, porque solo podía ser de esa manera. Sin Pepper-Man yo no era nada, solo una niña triste y enojada. Sin él, todo lo que tenía era la habitación blanca que cada vez me quedaba más chica y una familia que me odiaba. Sin él me quedaría sin magia, sin coronas de ramitas, sin vuelos de medianoche en el otro mundo y sin bailes hasta el amanecer. Sin la colina ni el bosque me quedaría sola. Nadie me amaría ni me cuidaría.

Hubo sangrado aproximadamente cada mes, durante todo un año. Esos intervalos fueron días de dolor, de hambre y fatiga, de furia y lágrimas. Mamá me compró toallas sanitarias pero no dijo nada más sobre el tema. Su actitud furibunda se convirtió en una especie de resentimiento silencioso. Prefería no ver a la mujer en la que me convertí, tal como nunca quiso ver a la niña que era antes. Creo que su mayor error fue ver siempre solo lo que yo no era, en vez de lo que sí.


La maternidad bien asumida no es algo precisamente bello. Los lazos que unen a madres e hijos son fuertes, son cadenas de amor que se forjan desde el fondo de la piel. Son raíz y espina, sangre y hueso, dolor y sufrimiento… Es un amor instintivo que no tiene nada que ver con la razón, y nunca puedes pedirles a tus hijos algo a cambio.

Tal vez mamá tenía un problema por no poder sentir eso por mí. ¿Quizá ella también estaba corrompida desde el principio?

El doctor Martin así lo creía, no solo en ese entonces, sino también más tarde. Tal vez tenía miedo, razonó, y sus reglas no eran más que formas desesperadas de mantener a raya a sus propios demonios. Sin embargo, dejó que otros demonios se metieran a mi cama y fingió no ver nada.

Nunca la perdonaré por eso.

Ella me hizo amar a mi Pepper-Man por el simple hecho de que no había nadie más a quien yo pudiera amar. Me hizo que confiara en él porque no tenía a nadie más en quien confiar.

¿Qué clase de madre hace eso?


Mi decimocuarto cumpleaños llegó y se fue, y de repente no sangré más. El pozo estaba seco, pensé al principio. No habría más sangrado, me había marchitado antes de tiempo.

Luego me dieron dolores de estómago y ganas de vomitar antes del desayuno.

—Llevas un niño dentro. —Pepper-Man estaba de pie junto al retrete, mirándome mientras me aferraba al inodoro.

—No lo creo —gruñí y saqué una toalla del estante para limpiarme los residuos de los labios y las gotas de sudor de la frente.

—Yo sé de estas cosas. —La voz de Pepper-Man era apacible, como la caída de la nieve—. Llevas un niño en tus entrañas.

Me gustaría poder decir que mi mundo se hizo añicos en ese momento, que me alcanzó un rayo y lamenté mi cruel destino durante días, pero no fue así. Seguía siendo una niña, pero estaba atrapada en ese lugar transitorio entre dos mundos, en esa neblina cristalina de la indefinición. La realidad no tenía bordes lo suficientemente perfilados; la luz del día no era tan intensa como para penetrar al lugar en el que yo estaba. Al principio no hice nada más que vomitar, limpiarme los labios y dejar que Pepper-Man me hiciera sentir un poco mejor con regalos hechos de hojitas y ramas espinosas. Entonces mi cuerpo comenzó a cambiar: un rastro oscuro se dibujó a lo largo de mi abdomen, desde el ombligo hasta el sexo. Me dolían los pequeños senos y los pezones se me hincharon. Puse la mano sobre mi vientre y me pareció que podía sentir la vida pulsando a través de mi piel, justo debajo de mis dedos. Era una sensación misteriosa y extraña, pero mágica y dulce. La conexión con el embrión fue instantánea y fuerte. Sentí que era mío, que la criatura era mía.

# XV

Me temo que en ese momento las cosas se pusieron feas. No pintaban nada bien, ningún hechizo dura para siempre.

Me desperté una noche sudando frío. Mis sábanas otra vez estaban mojadas, esta vez demasiado. Grité o quise gritar cuando vi todo aquello, pero solo salió un lamento triste. Toda esa sangre que salía de mí: mis esperanzas, mi amor, todo eso se escapaba entre mis piernas. Me retorcí en el colchón, en esa pegajosa alberca roja.

—¡Pepper-Man! —grité—. ¡Pepper-Man!

—Aquí estoy —dijo con calma.

Estaba en la silla blanca de mimbre, cerca de la ventana. Unas delicadas cortinas se ondulaban y oscurecían su pálida silueta. Su voz era lúgubre, las sombras cincelaban su rostro.

—¿Qué es esto? —le pregunté—. ¿Por qué me está pasando esto?

—Esa niña que traes en el vientre es un hada. Nunca habrá de caminar en este mundo.

—Pero ¿por qué? —Me senté, temblando, arrodillada en el colchón, con las sábanas salpicadas de sangre enredadas en los pies.

—No puede vivir como tú, pertenece a la colina, como yo. Esa es la maldición de ser un hada.

—No. —Mi voz solo era un susurro—. Mi hija no puede morir, no lo permitiré.

Me doblé de dolor; hundí la cara en la almohada mientras una nueva oleada de sufrimiento nauseabundo recorrió mi cuerpo.

Entonces Pepper-Man se levantó de la silla y me tendió la mano.

—Ven conmigo ahora, ven a la colina. ¡Tal vez aún haya esperanza, tal vez podamos salvar a la criatura!

Tomé sus dedos en silencio. Traté de ponerme de pie pero no pude, así que él me tomó entre sus brazos y nos marchamos. Saltó por la ventana, aterrizó en el pasto helado y nos adentramos en el bosque, entre los árboles.

Estaba perdiendo la conciencia, veía el cielo borroso. La noche azul oscura y las altas copas de los árboles sangraban en conjunto, convirtiéndose en alas ante mis ojos. Mi pijama estaba empapada, las manos de Pepper-Man estaban pegajosas. Mi hija me estaba abandonando, gota a gota.

—Siempre lo supiste —le reclamé a Pepper-Man con la voz desvanecida.

—Sí.

—Pero he escuchado de algunos seres que son mitad hada, mitad humano…

—Esos solo existen en tus libros.

—No te creo —repliqué con debilidad, solo porque no quería creerle.

—Los pocos que llegan a nacer son débiles y enfermizos. Los cambiamos por niños sanos, en gran medida para consolar a las madres. Los seres de nuestro tipo no estamos predestinados a reproducirnos, Cassandra mía. Somos como el día y la noche, la luz y la oscuridad, la vida y la muerte.

—Niños crepusculares.

—Solo eso. —Pude escuchar que reía en voz baja.

—Pero ¿puede vivir en la colina?

—Tal vez sí pueda, si llegamos allá a tiempo.

—Debiste decírmelo.

Pepper-Man no me contestó.

En la colina me recostaron en un colchón de paja y hierbas. Harriet me trajo un brebaje y me dijo que lo bebiera. Gwen me desvistió, alisó mis rizos húmedos y secó el sudor de mi frente. Abrieron mis piernas de par en par y observaron el daño.

—Los partos de hadas nunca son sencillos. —Harriet sacudió la cabeza.

—Ah, pero ella viene bien. —Gwen miró entre el caos de sangre.

—¿Ella? —pregunté.

—Es una niña. —Los ojos de Gwen eran de un dorado resplandeciente.

Despejaron el espacio frente a una de las chimeneas, el mismo lugar en donde algunos años después crearíamos a Tommy Tipp. Había un fuego abrasador, y unos menjunjes de agua y hierbas hervían en ollas de cobre. El aire era denso y cálido, con aroma a sangre, a follaje y un poco a descomposición.

Las otras hadas se habían ido al otro lado de la estancia o se marcharon de la colina. Les agradecí que hicieran esto por mí; que me dieran algo de espacio en esos momentos de necesidad y desesperación; fue para mí un gesto de cortesía.

Pepper-Man estaba ahí, cual centinela silencioso, y alimentaba las llamas con madera de roble, cenizas y espinas para que mi parto fuera tranquilo.

—Si nace, debe quedarse aquí, con nosotros. —Harriet buscó mi mirada, tal vez para advertirme—. Nunca podrá vivir afuera contigo; se marchitaría, desaparecería para siempre. No estaba predestinada a vivir.

Asentí en silencio, bebí lo que pude de la taza de madera que me pusieron enfrente. El contenido tenía un sabor desagradable y amargo. Sabía a derrota. Pero para mi hija cualquier vida bastaría, cualquiera.

—Ahora duerme —dijo Harriet, y cuando el brebaje herbal invadió mi sistema, lo hice. Incluso a pesar del dolor, a pesar de las oleadas de dolor que me hacían pedazos, me quedé dormida.

Después, cuando desperté, mi vida había cambiado para siempre.

Mi Mara al principio era una cosa muy pequeñita y yacía en una hoja de roble. La alimentamos con mi leche con ayuda de un pétalo rojo y cubrimos su cuerpo con suaves plumas. Pepper-Man le hizo una cuna de ramas, y las arañas le tejieron un vestido de seda. Yo caminaba a la colina cada día, después de ir a la escuela, para cuidar de mi pequeña. Dejé que Harriet tomara mi leche y mi sangre para alimentarla en mi ausencia. Gracias a eso creció con rapidez, en un mes ya tenía el tamaño de un recién nacido. En menos de un año se veía como una niña de cinco, de cabello castaño y ojos azules, hermosa en todos los sentidos. Cuando alcanzó la adultez, dejó de envejecer, y durante años ha sido una mujer joven. Siempre radiante y sana.

¿No es eso lo que toda madre desea para sus hijos? ¿Qué crezcan fuertes?

Pero ya no habría más hijos. Los partos de hadas son difíciles y después de eso nunca volví a ser la misma. El examen médico al que me sometió el doctor Martin solo confirmó ese hecho: mi vientre estaba roto, despedazado y lleno de cicatrices.

La colina en sí es un vientre para los muertos, un vientre que exuda una vida torcida, y ahí es donde vive mi hija, ese es el lugar en el que puede vivir sana y protegida para siempre.

Hay otra versión de esta historia, pero no estoy segura de su origen.

Tal vez surgió porque el doctor Martin me persuadió de que las cosas fueron como él dice y confundió mi mente. Me preguntaba tantas cosas que a veces hacía eso: me rendía e inventaba otras historias solo para que no me siguiera preguntando.

En esa historia estoy sentada a la mesa con mi familia. Se trata de otra cena de domingo, hay asado y jamón o algo que brilla en el centro de la mesa. Por alguna razón Olivia está taciturna, tiene una temblorosa mueca de puchero mientras mastica la carne. Entrecierra las largas pestañas sobre su piel cremosa, con la mirada pegada al plato.

Ferdinand, quien está en casa por el fin de semana, justo empieza la pubertad. Es una sombra pálida cerca de la mesa, que juega con las coles de Bruselas en el plato, moviéndolas de un lado a otro con el tenedor, mezclándolas con los trozos de carne y las papas blancas y pálidas. Sin gravy para Ferdinand, pues le gustan las cosas simples.

En el otro extremo, mamá dobla y desdobla la servilleta que tiene entre las manos. Sus uñas pintadas de color coral alisan aquel papel suave una y otra vez. Come, pero se muerde los labios. Su lápiz labial ha desaparecido y la veo cómo pasa saliva. Sus ojos se ven mal, como cristales hechos añicos, algo se rompió ahí. Me parece que ha estado llorando o, si no, está a punto de hacerlo, es raro porque ella casi nunca llora.

Papá está serio. Se sirve más papas, les pone más gravy encima. No nos mira, no ve a mamá, solo mira la comida, frunce los labios y come. Sin embargo, mamá lo ve con una expresión entre suplicante y furiosa. A veces me mira y su rostro se queda en blanco. Ella es de un hielo liso, como una piedra blanca.

—Me está yendo mejor este semestre —dice Ferdinand en voz muy baja.

—Bien —dice mamá—, eso es bueno.

Papá mastica, Olivia pone mala cara, Ferdinand vuelve a quedarse callado.

—Y a ti, Cassie, ¿cómo te ha ido estos días?

La voz de mamá tiene un tono chillón.

—Bien —dije, o más bien susurré. La verdad es que no estoy bien. Siento muchas náuseas, vomito, llevo un bebé en el vientre.

—Ya no tienes más problemas en la escuela, espero…

No he tenido más problemas de lo normal. En aquellos días mantenía a los acosadores a raya contándoles historias sobre Pepper-Man. Los fulminaba con la mirada, ponía mala cara y les decía que él me había enseñado una maldición con la que podía hacer que la belleza desapareciera. Ellos se reían con disimulo y ponían los ojos en blanco, pero no se me acercaban; nadie quería ser feo. Los profesores siempre se quejaban de mi falta de esfuerzo, de lo ínfima que era mi capacidad de concentración. Incluso quienes apreciaban mi «considerable imaginación» se habían dado por vencidos conmigo, pero yo jamás lamenté tal pérdida. Sucedían demasiadas cosas en mi vida, tenía mucho en que pensar.

Pero nada de esto es nuevo, así que la pregunta de mamá me parece sospechosa.

—¿Tienes nuevos amigos? —me pregunta mientras dobla y desdobla la servilleta.

—No. —Me sorprende la pregunta, ya que ella debería saber la respuesta.

—¿No? —Lo repite como si fuera una pregunta, mordiéndose los labios—. ¿Ningún… chico?

—No —exclamo con los ojos muy abiertos; la simple idea es una tontería.

Mamá me sonríe con una mueca temblorosa y vuelve a fingir que come mientras con el cuchillo mueve los trozos de carne hacia su tenedor, sin llevárselos a los labios.

—Me parece que últimamente te ves pálida. ¿Estás comiendo bien? No te preocupa nada, ¿o sí?

—No. —Ahora sí me siento incómoda y creo saber adónde va esto. Ya descubrió qué está pasando o al menos alberga una enorme sospecha.

—Bueno. —Mamá alza el tenedor—. Si pasara algo me lo dirías, ¿no? Si estuviera pasando algo malo… —dice esto último con dureza, con una mirada que dirige a papá a través de la mesa.

—Claro. —Siento que mis mejillas se sonrojan.

Nunca planeé decirles, creo. De alguna forma creía que el bebé era mío y nada más, que solo era otro secreto que ocultar. Ahora sabía que estaba equivocada, que este secreto en especial se esparcía y que era tan real para los demás como para mí. Comprenderlo me inquietó. Ahora yo tragué saliva y me costó trabajo masticar la carne.

—Cassie está engordando —dice Olivia.

—No —dice mamá, con voz severa y mirada descompuesta—, no está engordando.


En la siguiente parte de esta historia estoy sentada en el asiento trasero del auto familiar. Es grande y de color café, y tiene una cajuela espaciosa, pero no sabría decirles la marca. Las manos de papá están sobre el volante; sus ojos me miran por el espejo retrovisor. En el asiento del copiloto está mamá, que viste un abrigo de lana azul marino. Trae un espejo de mano y se está retocando el lápiz labial. Alcanzo a ver su reflejo desde donde estoy sentada. Sus ojos se ven cansados y al azar despliega pequeñas plastas de polvo blanco por toda su cara. Creo que se ve más vieja que antes. Solo sus rizos permanecen como siempre, muy rubios, muy firmes.

—No manejes tan rápido —le dice a papá—, llegaremos a tiempo. —No suena muy entusiasta con la idea—. Aunque me imagino que estás impaciente por resolver el problema. —Su voz es ponzoña pura mezclada con odio.

Papá no dice nada, solo maneja por el paisaje estéril de las primeras horas del amanecer. Las primeras señales del invierno han llegado y cubren los campos con una fina capa de hielo. Se derretirá en cuestión de horas, pero los dedos esqueléticos de la escarcha ya están aquí y advierten que la estación está por empezar.

Siento dolor.

—¿Cómo vas allá atrás? —Mamá medio voltea desde su asiento para mirarme—. Estoy segura de que tú también estás ansiosa por llegar.

Su voz no es tan tóxica como antes, pero tampoco es afectuosa. De nuevo me mira con esa expresión recelosa, como si yo fuera un peligro en potencia, como si la fuera a morder, como si fuera algo que no puede mantener bajo control y ella lo supiera. No la puedo culpar, pero tampoco la compadezco.

No digo nada. Siento náuseas.

—Debiste decírnoslo antes. —Mamá frunce los labios cuando mira al espejo—. Cuanto más esperas, más difícil es.

—¿Cómo sabes? —No intento ocultar mi resentimiento.

—No tienes que decirle esto al doctor Martin —dice mamá en vez de contestarme.

—¿Por qué?

—Porque solo crearía problemas.

—¿Por qué?

—Porque a eso se dedican los doctores.

—Tú eres la que quería que yo lo viera.

—Lo sé. —Suspira, cierra el espejo y lo vuelve a meter en su bolso; su mirada se pierde al mirar por la ventana—. No es indispensable contarle todo a todo el mundo —dice—. Algunas cosas deben quedarse en la familia. —A su lado, papá refunfuña en señal de aprobación. Ella voltea hacia él y le grita—: ¡Tú no tienes voz ni voto en esto! —Y luego a mí—: Si alguien te pregunta cómo llegaste a esto solo debes decir que fue un chico.

—¿Qué chico? —Me sentí muy miserable y furiosa.

Mi mamá se encoge de hombros.

—Un chico de la escuela. No te pedirán que digas el nombre.

Mi papá sigue manejando.

A la mitad del camino tenemos que detenernos para que yo pueda vomitar. Estoy parada al costado de la carretera, tengo arcadas y me sostengo el cabello para que no caiga sobre mi cara. Visto una camisa demasiado grande para ocultar mi estado, creo que es una de las viejas camisas que papá usaba para trabajar. Huele a cobre y a una colonia especiada.

Mi madre está recargada en el auto, mirando en la dirección opuesta, sus lentes oscuros tienen un armazón enorme y la hacen ver como un insecto. Papá está parado al otro lado del auto, a mitad del camino, viendo al horizonte. Él no me mira.

La clínica era todo lo que podía esperarse de esos lugares: estéril, fría, blanca y plateada, suavizada con un toque de turquesa. Nadie me preguntó acerca del chico. Las enfermeras fueron amables, pero impersonales; todo mundo hablaba en voz baja como si ellos, al igual que mi madre, quisieran acabar con el asunto.

Recuerdo la fría superficie de la mesa quirúrgica, el duro colchón en el que, solitaria, permanecí hasta recuperarme, el olor a suavizante de las sábanas. Una mujer lloraba y hablaba en español al otro lado de la cortina rosada que separaba nuestras camas. Un suave olor a rosas flotaba en el aire.

A mí no me llevaron rosas, pero en el camino de regreso me regalaron una caja de panqués de caramelo. Papá me los compró en una tienda cercana al hospital. No me los comí, sentía demasiadas náuseas y dolor. Dormité todo el camino a casa. Cuando llegamos, puse los panqués debajo de la cama, me recosté en el cobertor y lloré.

Pepper-Man no estaba ahí. Estaba sola.

Como dije antes, no sé de dónde viene esta segunda historia, pero el doctor Martin la escribió en *Extraviada entre hadas: un estudio de la psicosis inducida por trauma*. Me imagino que fue una de las cosas por las que Olivia se molestó tanto conmigo.

141

Mi madre y Olivia dicen que eso nunca pasó, pero el doctor Martin estaba seguro de que sí. Hizo que me examinaran antes del juicio y pensó que los resultados le daban la razón. En efecto, algo me había pasado, y el médico que me examinó lo tenía muy claro. Sin embargo, el doctor Martin nunca pudo rastrear la clínica. Ni él ni mi abogada encontraron a nadie que se acordara de mí. No existía ningún registro de eso.

—Tus padres están bien conectados —dijo el doctor Martin. Estábamos hablando en nuestro cuarto de hospital durante el juicio—. Estoy seguro de que encontraron una forma de ocultar el rastro.

—¿Por qué es importante?

—Significaría mucho para el jurado.

—¿Por qué? —pregunté, aunque hasta yo misma advertía su importancia.

—Porque por sentido común no se puede acusar de asesina a una mujer destrozada y traumada . No tendrías que ir a prisión, Cassie; tendrías que quedarte aquí, en el hospital.

—No sé si lo recuerdo bien —dije—. Y mi hija ni siquiera está muerta. Ella todavía vive en el bosque, en la colina.

—Exactamente. —El doctor Martin sonrió con cansancio—. Eso solo reafirma mi argumento. ¿Alguna vez te has preguntado por qué hay dos historias sobre lo que pasó? —Estiró su brazo sobre la mesa y tocó mi frente con delicadeza.

Encogí los hombros. Sabía cuál era la verdad, por supuesto. Sabía que mi Mara estaba sana y salva, pero la otra historia, inventada o no, seguía ahí, y el doctor Martin quería con todas sus fuerzas que yo la creyera.

—¿Ambas historias pueden ser verdad? —pregunté—. ¿Por qué razón cuando una cosa es verdadera la otra es falsa? ¿Por qué siempre tenemos que elegir?

Él se rio entre dientes.

—En verdad eres muy peculiar, Cassie… ¿No crees que necesitamos un principio de verdad para sopesar lo que es falso?

—¿Como la ciencia?

—Así es.

No supe qué decir primero. ¿Cómo describir lo que sentía por dentro? Para mí aquella verdad era como el mercurio, siempre estaba cambiando y en movimiento. ¿Acaso no importaba eso? Me era fácil considerar las dos caras de la verdad en mi mente y sentir que ambas eran reales, sin que eso me confundiera. Ahora me doy cuenta de que la mayoría de la gente no puede sentir eso, pero entonces no tenía ni la más remota idea.

La verdad es de lo más inconsistente, ¿no creen? Es subjetiva y cambiante, como un ser vivo.

Con Pepper-Man o sin él esas son las dos caras de la misma moneda. Las dos caras de mi moneda. Todo depende del lado que se mire.

Yo puedo ver ambos.


Podría detenerme ahí. Me gustaría parar ahí. Ya estoy mayor y cansada. Creo que debería dejar de escribir a máquina y olvidarme del pasado. Pero entonces ustedes se quedarían con dudas sobre el cuerpo que encontraron en el bosque, sobre lo que pasó después y sobre aquellas otras muertes que sucedieron… Me imagino que les debo algunas explicaciones al respecto. La tragedia familiar. El fin violento. Alguien debe saber lo que en verdad ocurrió.

Así que seguiré escribiendo y ustedes continuarán leyendo.

# XVI

Vivimos juntos durante doce años, como el señor y la señora Tipp, en aquella pequeña casa color beige, en las afueras de S–. Incluso compramos una podadora de la empresa de papá, la cual Pepper-Man-en-Tommy paseaba por el jardín cada domingo, secándose el sudor con playeras arrugadas y bebiendo cerveza fría en sus descansos. A veces yo lo veía a través de la ventana de la cocina mientras preparaba un asado y ensalada con verduras recién cosechadas de nuestro propio huerto. En ese entonces yo era la perfecta ama de casa. Cuando me siento particularmente inspirada, soy capaz de hacer mermeladas de frambuesa y grosella, conservas de frutas e infusiones de hierbas.

Durante esos años me sentí satisfecha. Las caderas se me redondearon y en mi espalda lucía mi larga y tupida trenza, con un aspecto lustroso y saludable. A Pepper-Man le encantaba, jugaba con ella horas y horas. En aquellos años todo en mi vida fue miel sobre hojuelas.

Ya no me preocupaba que Pepper-Man-en-Tommy me dejara, pues era el esposo perfecto. Nuestra relación era tan estrecha que éramos como una sola persona, parecía que nada podría separarnos. Aún lo parece.

Recuerdo el primer día que pasamos en la casa nueva, cuando nos llevamos las cosas de la habitación blanca; las cajas de cartón con libros que hacía mucho dejé atrás, la silla de mimbre, los cuadros de algunos cuentos de hadas… todo se veía fuera de lugar en el extenso piso de madera de nuestra nueva sala. Puse todo en el desván y ahí sigue. Pueden echar un vistazo, me traje todo cuando me mudé a esta otra casa. La habitación blanca y todas esas noches amargas están cuidadosamente embaladas en la parte de la casa que está sobre ustedes.

Decidí que quería ser como las demás, igual que aquellas *buenas* mujeres. Verán, era más fácil así. Ser diferente es difícil y tiene un precio, ya que el resto de la sociedad siempre está presionando a los descarriados, arreándolos para que vuelvan hacia lo que considera natural, decente y seguro. Decidí que era más sencillo rendirme y fingir ser como las demás. Creí que incluso con una reputación tan mala como la mía todavía podía encajar un poco si construía unos muros bastante sólidos y pintaba el telón de fondo de mi vida con colores alegres y chillantes. Tal vez si agachaba la cabeza y deslumbraba a todo S— con mis bellas ilusiones, todos me considerarían feliz y bien adaptada, y por fin podría tener algo de paz.

Tiempo para crear. Tiempo para explorar. Tiempo para caminar entre mundos.

Aún no escribía de manera profesional, eso llegó más tarde, después del juicio. Sin embargo, estaba empezando a intentarlo y también comencé a pintar y a trabajar en otras artes.

Sin duda mi obra maestra en aquella época fue mi vida. En ese sentido, no era distinta a otras jóvenes. Cada decisión que tomé, desde escoger un sofá hasta elegir una profesión para mi marido, era premeditada, un cuidadoso montaje. Esas cuatro paredes, ese esposo y ese auto, todo estaba calculado y muy bien pensado. Verán, todo parecía sólido y verdadero ante los ojos del mundo, cualquier joven esposa se puede identificar con eso. Si puedes hacer de tu vida una pieza que embone a la perfección en el rompecabezas, estás lista para esa insulsa felicidad que la gente cree anhelar. Solo fíjense en su madre, Olivia también lo hizo y siempre sobresalió en ello. Sin embargo, a diferencia de muchas otras niñas, yo no construí una casa de muñecas ni en la edad adulta recurrí a esas bonitas tapaderas con el fin de ocultar defectos mundanos e insignificantes, como problemas de alcoholismo, falta de amor o una apabullante deuda sin fondo.

Más que ocultar, yo protegía.

Protegía mi otra vida, la vida que me traía una dicha inagotable: preparar té de hadas, correr por el bosque, pasar días enteros con Mara en la colina.

Así que no importa lo que su madre pensara en aquel entonces o lo que les haya dicho: que estuve bien durante un tiempo y que las cosas iban de maravilla... Está equivocada.

No me conocía en absoluto.


El doctor Martin a veces venía a visitarme y bebía té helado en el jardín. Recuerdo que halagaba mi «radiante salud» y admiraba mi «armonioso estilo de vida».

«Vives tan cerca de la naturaleza», solía decir al mirar los bosques circundantes con un dejo de suspicacia.

Claro que estar cerca del bosque fue un aspecto importante al elegir el lugar en el que viviríamos. Mara era mi prioridad número uno, así que necesitaba que fuera fácil adentrarse en la colina. Por lo demás, decidimos tener un entorno sin hadas, nada que a los vecinos les pudieran parecer inusual, nada de pasto crecido ni coronas de ramas, nada de jarras de té de hadas a la vista.

En la superficie todo era limpio y transparente, acorde con el mundo que nos rodeaba. Sin embargo, en nuestra habitación, o donde nadie alcanzaba a mirar, en los armarios y en los cajones, en los recovecos y en las grietas, la naturaleza emergía, las hojas verdes retoñaban y el musgo invadía las paredes. Varias arañas tejían sábanas de seda alrededor de nuestra cama, en el sótano crecían los hongos venenosos y en el jardín vivía una tribu de ranas. En eso consiste estar casada con un hada, los bosques nunca se alejan. A veces tienes que quitar hojas de serbal y majuelas de tu ropa recién lavada, tirar litros de leche cuajada, cortar margaritas recién germinadas del fregadero. En el alféizar siempre hay broza, hojas, ramas y restos de corteza, semillas y polen, cosas muertas.

Sin embargo, los visitantes nunca vieron eso. Solo miraban nuestras habitaciones limpias y espaciosas, el sofá azul y acogedor, el mosaico blanco del baño, el comedor de roble con sus ocho sillas. El negocio de Barnaby, de cerrajería y herramientas, era un buen lugar de trabajo para un esposo joven como el mío, pues el dinero que ganaba me permitía quedarme en casa con mi máquina de escribir y mi té. Eso sí, aún no escribía para el público; solo lo hacía para mí y para mi Pepper-Man. En ese momento mis historias eran borradores de lo que escribiría después, bocetos al carbón de los oleos que pintaría en un futuro; en ese entonces llenaba los espacios vacíos con colores y emociones. Nunca escribí sobre las hadas, sobre las criaturas extrañas que viven a nuestro alrededor, ni sobre los susurros que escucho a mis espaldas cuando ando en la calle, tampoco sobre la corriente de aire helado que atraviesa la sala de mi casa. No, en vez de eso escribí sobre seducciones pecaminosas, romances permisivos y piñas coladas, intrigas de oficina y dramas familiares. Eso fue lo que encontré en el té de hadas, historias sobre gente común y corriente, sobre vidas que jamás viviría.

Verán, para mí eso era lo exótico, las vidas humanas sin implicaciones mágicas. Eso también era exótico para las hadas, las vidas humanas que están desprovistas de muerte y renacimiento. Así que eso es lo que está encerrado en los frascos: historias plagadas de sabores, esencias, sentimientos y preocupaciones triviales.

Una vez el doctor Martin probó una taza de té de hadas después de que discutimos largo y tendido al respecto. Él insinuó que el té de hadas no era más que alcohol, y que las hojas, las flores, las piedras y los restos de corteza en los frascos no eran más que pastillas con otra forma. Es evidente que pensó que me pasaba los días disolviendo pastillas en vodka y ginebra y bebiendo. Y por supuesto que me ofendí y quise demostrarle lo contrario.

Era una cálida tarde de otoño, justo después de mi juicio. El doctor Martin estaba sentado en el vestíbulo de la casa beige, a la que regresé a vivir después de que fui exonerada.

—Sabe a pasto y agua. —Chasqueó los labios—. ¿Qué dijiste que tenía? ¿Una bellota y una hoja?

Asentí.

—¿Y ahora qué? ¿Me voy a casa y sueño?

—No, solo siga con su día. La historia vendrá a usted; se desplegará de manera sutil como una flor en las profundidades de su ser.

Dijo que no funcionó, pero sí lo hizo. Se convirtió en su libro *Extraviada entre hadas: un estudio de la psicosis inducida por trauma*. Me imagino que en él funcionó de una manera un poco distinta, ya que no estaba acostumbrado al lado mágico de las cosas.


Si de algo me arrepiento es de no haber permitido que Mara entrara a la casa beige durante el tiempo en que vivimos ahí. Viendo las cosas en retrospectiva, parece una intransigencia, aunque a ella no pareció importarle, pues cuando iba a visitarla siempre estaba feliz. Sin embargo, esta casa es diferente; está más cerca de la colina para que ella pueda ir y venir cuando le plazca, esa fue la razón principal para comprarla. Cuando la adquirí, a cambio de nada, estaba abandonada y en ruinas, y el camino estaba cubierto de maleza, pero le vi potencial, vi la belleza lila en que se podría convertir.

Verán, tenía que mudarme. Cuando se aquietó la oleada de horror y curiosidad después del juicio y del escándalo en torno al libro del doctor Martin, la gente ya no me tenía tanto miedo. Los jóvenes del pueblo empezaron a acercarse en sus autos a la casita beige y a aventar huevos y otras porquerías a los muros. En mi vestíbulo encontré cartas que recitaban versículos de la Biblia y en mi buzón una rata muerta.

Además, en esa casa no podías ir y venir sin que te vieran.

Al doctor Martin le horrorizaba la posibilidad de que me mudara a las profundidades del bosque yo sola. Dijo que no era seguro, pero yo sabía que sí lo era. Me acercaría más a la tierra de las hadas para que su poder me fortaleciera y me mantuviera a salvo, como siempre lo había hecho. Y el tiempo me ha dado la razón, ¿no? No ha habido más versículos en el vestíbulo ni me han tirado más restos de comida. Ahora solo soy una vieja excéntrica, «la escritora que vive en el bosque», solitaria en su recóndito hogar, que hace lo que sea que hagan los excéntricos.

La gente ya casi no se acuerda del juicio ni de las otras muertes. Eso es lo que hacemos las personas: olvidar y seguir adelante.

Pero su madre no, Olivia nunca lo olvidará.

Si aún están aquí, sigamos adelante.

# XVII

Antes de la noche en que Tommy Tipp murió a los ojos del mundo, hacía tiempo que sabíamos que algo no iba bien. Me parece que pasó algo así como cuando una persona se entera de que tiene cáncer y, aunque sabe que la enfermedad avanza lentamente, también sabe que puede terminar en desgracia. Solo que la enfermedad de Pepper-Man-en-Tommy evolucionó de una manera un poco distinta.

Al principio el deterioro solo fue visible en cosas poco importantes: una rama que se asomaba a través de la piel del muslo, después una raíz que le caía del lóbulo de la oreja, luego el bastón de roble dejó de funcionar y las caderas se le atrofiaron. Sus compañeros de trabajo pensaron que podría ser gota y le sugirieron que fuera a ver a un médico.

Nunca fue, por supuesto, ¿para qué lo haría? Sabíamos muy bien que su cuerpo se estaba deshaciendo y que las últimas gotas de sangre del corazón de Tommy Tipp se consumirían lentamente hasta acabarse por completo. En realidad, nada de eso nos parecía tan importante, Pepper-Man podría usar otro cuerpo, pero aun así nos sentíamos tristes, nuestra vida juntos como hombre y mujer estaba por llegar a su fin.

Le supliqué a Pepper-Man que encontrara una solución.

—¿Qué tal si te comes otro corazón y construimos un cuerpo desde cero?

—Podríamos hacerlo, pero no se vería como Tommy.

—Tal vez podemos decir que Tommy me dejó por alguien más y que me conseguí otro esposo.

—¿De verdad volverías a pasar por todo eso, Cassandra? ¿Te construirías una nueva vida con una nueva fachada?

—¿Tú no lo harías?

—No, creo que no.

En ese entonces Pepper-Man no estaba usando el cuerpo de Tommy, se había vuelto incómodo y se le dificultaba moverse con él. Estaba sentado en la cocina, limpiándose los dientes con una pajita. Tenía frente a él un plato con huesos de pájaro, sin nada de carne. Estando en el cuerpo de Tommy había desarrollado un gusto por la carne sazonada.

—Ya me cansé de este juego, ha sido interesante ser Tommy Tipp, pero extraño mi libertad. Es difícil ser esclavo del reloj de la mortalidad.

—Pero lo hiciste por mí y nunca lo olvidaré. —Me senté frente a él, rodeando con las manos una taza de té de hadas.

—Es cuestión de días para que su cuerpo se agote por completo; deberíamos deshacernos de él antes de que tengas que pasearlo en silla de ruedas.

—¿Cómo nos desharemos de él?

—Lo bajamos al sótano y lo desmembramos con un cuchillo de carnicero.

—¿Así de fácil?

—Sí, mi querida Cassandra, así de fácil.

—Pero ¿qué le diremos a la gente? No es un buen plan; la gente preguntará dónde está, principalmente Barnaby.

—Puedes decir que te dejó o que tuvo un desafortunado accidente.

—No quiero que la gente piense que me abandonó.

—Lo podemos poner bajo el auto, decimos que estaba haciendo un trabajo de hojalatería y que de pronto algo se aflojó y le aplastó el cráneo. Tal vez que el vehículo empezó a avanzar...

—O que estaba pintando la pared que da al este. —De pronto me sentí inspirada—. Esa pared se ha estado descarapelando desde hace tiempo, y que se cayó de la escalera.

—Buena idea, esas caídas hacen mucho daño.

—¿Y si se convierte en ramas y hojas cuando caiga al suelo?

—Eso no pasará, el hechizo se mantendrá por un tiempo, el suficiente para que la gente quede convencida de su muerte.

Una vez que llegamos a un acuerdo, ambos seguimos con nuestro día. A la mañana siguiente Pepper-Man regresó al cuerpo de Tommy y se presentó al trabajo exactamente a las ocho de la mañana.

Más tarde, las cosas se complicaron.

Esa misma noche, mientras Pepper-Man intentaba salir del cuerpo de Tommy para irse a dar uno de sus paseos nocturnos, el cuerpo simplemente se desbarató. Los brazos, las piernas y los intestinos cayeron al piso, y los ojos rodaron por el piso de roble pulido. La piel quedó como un caparazón vacío, abierto y manchado de fluidos pestilentes.

Fue un desastre.

—Ay, no —dije estrujándome las manos—. ¿Y ahora qué haremos? Así hecho pedazos nadie creerá que se cayó de la escalera.

Pepper-Man estaba recargado en la pared, con los brazos cruzados sobre el pecho y tratando de asimilar el espectáculo que tenía frente a él.

—No podré volver a usarlo, eso es seguro.

—¿Y ahora qué hacemos? No puedo permitir que alguien lo vea así.

—Podríamos llevar sus restos al sótano y esperar. Pronto volverá a ser lo que era antes: ramas, piedras y plumas.

—¿Cuánto tiempo tardará en convertirse en eso?

Se encogió de hombros.

—Eso depende.

Por supuesto que depende, con las hadas siempre es así.

—Creo que va a apestar, ¿no? —Miré los girones de piel—. Si lo dejamos en el sótano, apestará antes de que regrese a su estado natural.

—Entonces hay que sacarlo, llevarlo al bosque.

—Pero alguien podría encontrarlo y confundirlo con un cuerpo real.

—Allá afuera podrá regresar más rápido a su estado natural. Después de todo es un préstamo del bosque y quizás el bosque quiera que se lo devolvamos.

—¿Y después qué digo? ¿Que mi esposo me dejó?

—Sí, eso sería lo más sencillo.

—Bueno. —Lo consideré—. Sigue siendo Tommy Tipp.

—Tommy Tipp seguramente podría hacerlo. —Y Pepper-Man debía saberlo, ya que había sido él durante los últimos doce años.

—Bueno —suspiré—, creo que me abandonaron.

—Ay, mi dulce Cassandra —dijo Pepper-Man con una sonrisa—. Sabes que siempre me tendrás.

Entonces pusimos los tristes restos del Tommy Tipp falso en una carretilla y los llevamos al bosque. Tratamos de desperdigarlos en vez de dejarlos amontonados, pues pensamos que un montículo inusual llamaría más la atención de los observadores de aves y los paseantes. Así que colocamos sus intestinos en las ramas, plantamos uno de sus pies junto a algunas raíces, colgamos su cabeza en la rama más alta de un serbal y pusimos sus ojos sobre un montón de rocas. Las partes más suaves, como el hígado y los riñones, las enterramos, y cubrimos la excavación con hojas y musgo. Después tiramos los pulmones en el arroyo. No había un corazón que tirar, pero eso no era de sorprender, pues quien le daba a Tommy Tipp la fuerza para que pudiera hablar y caminar siempre fue Pepper-Man.

—Qué escenario más extraño.

Mi amante miró la cañada donde dejamos la mayor parte de los restos.

—Solo espero que nadie los vea.

Me sentí mal. Aunque sabíamos que en realidad no era el cuerpo, me pareció un trabajo sucio, desagradable y feo.

—Mañana empieza una nueva vida —dijo Pepper-Man, sin que yo supiera hasta qué grado habría de tener razón.

# XVIII

En su libro, el doctor Martin destinó mucho tiempo y páginas a hablar del tema que le obsesionaba: cómo fue que se despedazó ese cascarón. Estaba seguro de que eso tenía un significado fundamental, aunque, por supuesto, no era así. El cuerpo simplemente se deshizo y ya.

Recuerdo que en una sesión previa al juicio en el hospital me preguntó al respecto.

—¿Te enojabas con Tommy cuando no podía hacerte el amor? —Había dejado a un lado su pluma sobre la hoja en blanco del cuaderno, como si enfundara su espada.

Esa pluma era una promesa, y ahora nos estábamos hablando con franqueza, con honestidad y de manera extraoficial. El doctor Martin y yo solo éramos dos amigos conversando. El reloj en la pared de nuestro cuarto de hospital hacía tic tac con fuerza y llenaba el silencio con segundos desperdiciados.

—No, claro que no. Mi problema era que el cuerpo de Tommy se estaba desbaratando. Pepper-Man me hacía bien el amor, como él lo sabe hacer.

—¿Sabes? Es muy común enojarse por eso, es fácil tomarlo como algo personal, en especial cuando tu pareja te ha sido infiel.

—Pero no me enojé. Sabía que no se trataba de eso.

—Quizá no es tan común que te deshagas de tu pareja cuando está hecho pedazos. —Hubo un destello burlón en su mirada que le restó dureza a sus palabras—. La mayoría de la gente solo se divorcia.

—Se estaba deshaciendo, ¿qué podía hacer?

—¿Tal vez ir a terapia de pareja? ¿O buscar una solución médica?

—Él estaba roto —repetí—. No había nada que hacer.

—¿Dejaste de amarlo?

—¿Dejar de amar a Pepper-Man? —Parpadeé.

—No, Cassie, dejaste de amar a Tommy Tipp. A tus ojos eso arruinaría a un hombre, ¿no crees? El hecho de que ya no te hiciera sentir como antes lo destrozaría de manera metafórica.

—No dejé de amar a Tommy Tipp. Él ya estaba muerto…

—O tal vez… Él cambió de pronto, volvió a ser el mismo de siempre, se convirtió en un hombre distinto a aquel con el que te casaste y te hizo promesas. El hecho de que su personalidad y lealtad se desintegraran se vio como que se destrozó.

—No sé por qué me sigue haciendo estas preguntas. Ya le conté qué pasó. Se terminó la magia; se rompió el hechizo.

—Muchas mujeres casadas se sienten así, pero no necesariamente decoran los árboles con los restos de sus esposos.

—Era natural que regresara al bosque de donde vino.

—¿Ramas y hojas?

—Musgo y piedras.

—Pero no encontraron su corazón.

—Ya le había dicho que Pepper-Man se lo comió.

—Aún lo siguen buscando, ¿sabes? ¿Qué harías si lo encontraran?

—No van a encontrarlo.

—Pero si lo encontraran, ¿seguirías diciendo que Pepper-Man se lo comió?

—Diría que lo hizo Pepper-Man por alguna razón, quizá para que la policía lo encontrara. Que lo hizo con una raíz de abedul o con una garra.

—¿Y el cuerpo no es el de Tommy Tipp?

—No.

—¿Es solo una criatura que tú hiciste?

—Un caparazón de ramas, sí.

—¿Y nada que encuentren allá afuera podrá hacerte cambiar de opinión?

—No. Sé lo que pasó.

Pero yo era la única que lo sabía y nadie parecía creerme.

A pesar de la confianza que nos dio llevar los restos del cuerpo al bosque en una carretilla, no tuve tiempo para reportar su desaparición antes de que los recolectores de hongos lo encontraran.

Las dos mujeres de mediana edad que lo encontraron estaban histéricas y describieron su hallazgo a la prensa en forma muy gráfica: «¡Festín macabro en el bosque!», decía un titular… «Partes del cuerpo colgadas cual guirnaldas». Para ser honestos, nunca lo vimos venir. Estábamos muy poco preparados para lo que pasó.

Estoy segura de que lo vieron en unas páginas amarillentas con tinta desvanecida: «La esposa, sospechosa de homicidio, es famosa por sus arranques de celos… Cuando iba a la escuela hablaba con el diablo en plena clase, según sus excompañeras». Cuentan una historia que la gente está dispuesta a creer. Todo ese asunto también puso bajo los reflectores a la gente de S– que quería un poco de atención. Las exnovias de Tommy Tipp resurgieron, siempre en el anonimato y en fotografías borrosas, así como otras personas que tuvieron la mala suerte de relacionarse conmigo. Mis vecinos se pusieron en mi contra de la noche a la mañana, me miraban con desaprobación y susurraban cosas sobre el «pobre Tommy».

«Siempre supimos que estaba un poco fuera de sí, pero nunca creímos que a tal grado…».

Pero yo sabía que todo era una mentira. Ante el miedo y la confusión dije las cosas como sucedieron y les rogué que me creyeran.

Salvo por el incidente con Tommy trece años antes, no tenía madera de asesina. Era una ama de casa normal.

No tengo idea de por qué los detectives afirmaron que encontraron sangre de Tommy en el sótano. No recuerdo que Pepper-Man alguna vez hubiera sangrado ahí. Tal vez se cortó reparando algo, pues no era tan ágil usando manos humanas. Quizá sucedió cuando movimos un montón de cajas el año anterior, pues fue mucho el acarreo de aquel entonces. Tal vez se lastimó con una astilla o se raspó en la pared.

Lo que es un hecho es que no pudieron encontrar las cantidades de sangre que dijeron. Creo que todo fue un montaje; querían culpar a alguien y yo fui la elegida.

**OFICIAL INFORMANTE:** William Parks

**TIPO DE INCIDENTE:** Asesinato/mutilación

**DIRECCIÓN:** Área boscosa, oeste de S—

**TESTIGOS:** Elspeth Gordon, 53, mujer

Connie Rasch, 54, mujer

**EVIDENCIA:** Argolla matrimonial con la inscripción, «Tu Cassandra por siempre», encontrada en el tocón de un árbol.

Huellas de llantas pequeñas en el lodo, de 6.3 cm.

**ARMA/OBJETO USADO:** No se encontró ninguno en la escena.

**RESUMEN DEL INCIDENTE:** Aproximadamente a las 6 a. m. el Departamento de Policía de S— recibió una llamada de la señora Elspeth Gordon, quien reportó haber visto los restos de lo que supuso era un hombre en el bosque, a más de 6 km al oeste de S—. La señora Gordon y la señora Connie Rasch, su amiga que venía de visita, se encontraban en el área buscando hongos cuando descubrieron los restos.

Los oficiales William Parks y Oswald Peterson manejaron al lugar y se encontraron con las consternadas mujeres en un estacionamiento cercano que usan los senderistas. La señora Gordon guio a los oficiales a una cañada abierta, donde recogieron las partes del cuerpo de diferentes lugares. Los restos del cuerpo estaban en el piso, en once partes distintas y en seis lugares diferentes en los árboles (véanse las fotografías adjuntas). Los oficiales coincidieron en que el cuerpo probablemente era de un varón, a juzgar por el tamaño de los restos. Al investigar con más detalle encontraron una cabeza más allá del claro, al lado del tocón de un árbol grande. Se localizó una argolla matrimonial en la cima del tocón. Entonces el oficial Parks pudo identificar de manera preliminar que el cuerpo pertenecía a Thomas Tipp, de 38 años, ciudadano de S—.

En este punto los oficiales pidieron refuerzos y acordonaron el área. El oficial Peterson regresó al auto con las testigos para tomar la cámara y equipo de protección, pues la materia que colgaba de los árboles aún chorreaba. El oficial Parks se quedó atrás para resguardar el área. Enviaron a las testigos a la estación en su propio auto para que ahí rindieran su declaración.

Después de aproximadamente treinta minutos, los refuerzos (los oficiales Ling y Jenkins) llegaron con una ambulancia y cajas de plástico para guardar los restos. El oficial Parks solicitó vía radio ir a la residencia de Thomas Tipp para asegurarse de que su esposa estuviera sana y salva. Aunque la identidad del cuerpo aún no estaba confirmada, esta precaución era imperativa, en especial porque la señora Tipp no contestó el teléfono.

El oficial Parks llegó a la residencia de Thomas Tipp aproximadamente a las 8:45 a. m. Cassandra Tipp se encontraba en casa y parecía estar de buen humor. Sin embargo, cuando le preguntaron sobre el paradero de su esposo, contestó con vaguedades, y se preguntó si tal vez se habría ido en un viaje de pesca con su padre antes de que ella despertara. Como no había sospechosos, el oficial Parks le dijo a la señora Tipp que habían descubierto un cuerpo en el bosque y le preocupaba que ella también estuviera en peligro. Entonces la señora Tipp empezó a comportarse de manera errática y le insistió al oficial repetidas veces que no había nada de qué preocuparse: «¡No hay cuerpo, es solo un cascarón!». Cuando se le pidió que explicara su afirmación, la señora le dijo al oficial que su esposo no era un hombre, sino que estaba hecho de ramas y musgo.

En ese momento el oficial Parks llamó a los paramédicos.

# XIX

Bueno, Janus y Penélope, supongo que imaginaban más drama, sentimientos más apasionados y puñaladas enardecidas, un crimen de celos y furia, y a la tía Cassie en pleno brote psicótico. En especial por lo que saben sobre esas muertes… o lo que creen que saben: las cosas que les dijo Olivia, la razón por la que nuestra pequeña familia se volvió más pequeña.

Pero no fue así como sucedió. Nunca estuve demente ni enferma.

La segunda muerte de Tommy Tipp fue poco elegante y cruda, pero no fue un asesinato. Fue solo el resultado de la colisión de mis mundos, de la fragilidad humana y del impacto que esto tuvo en ambos lados. Era una cuestión que se negaba a resolverse, una arruga que no se podía planchar. Ni siquiera puedo culpar a los involucrados, pues solo ven un lado de la moneda. A pesar de sus años como Tommy Tipp, Pepper-Man no pudo entender las reglas humanas.

¿Qué es el sistema de justicia para él o para cualquiera que ha vivido durante mil años? ¿Cómo podría evaluar de manera correcta los riesgos y las posibles consecuencias que tendría para mí hacer lo que hicimos? Mi abogada, Myra Barnes, y el doctor Martin solo podían ver las ilusiones que Pepper-Man y yo entretejíamos. Yo lo único que sé es que no es fácil mantener el futuro en equilibrio si ignoras lo que otras personas harán con tu destino. Ya me había escapado una vez, ¿saben? Cuando me inventé una vida al lado de Tommy Tipp en la casa beige. Ahora tendría que volver a empezar desde cero, y la gente buena de S– elegiría dónde ponerme, un lugar que les pareciera sensato.

Nunca olvidaré a aquel feo y corpulento fiscal, al señor Carew, quien caminaba de un lado a otro en la sala de audiencia y dibujaba mi retrato para que el jurado me viera como una esposa desquiciada y celosa, que desmembró el cuerpo de su marido y lo dejó a merced de las aves.

—Imagínenla —dijo—, arrastrando el cuerpo por el piso y los escalones de concreto. La cabeza cuelga, las extremidades se sacuden y ella lo lleva al frío sótano. Ahí —hace una pausa para respirar hondo—, lo acarrea a la mesa de trabajo, y con cuchillos y un hacha separa las articulaciones. ¿Llora? No, aún está cegada por la rabia y los celos. Piensa que los problemas de disfunción eréctil de Tommy se deben a sus innumerables infidelidades. Para ella, desmembrar y profanar el cuerpo es solo parte de un castigo…

El doctor Martin me defendió lo mejor que pudo:

—Ella está enferma —dijo—. Ha padecido alucinaciones desde que era niña. No pueden responsabilizarla por este crimen. En su mente él no era un hombre, sino una criatura hecha de detrito que ella recolectó en los bosques donde pasó los momentos más felices de su infancia.

Al final, la más convincente fue Myra Barnes. Parecía una costosa varilla de canela, toda vestida de café, alta, poderosa, rígida y tan delgada como un lápiz. Su cabello eran mechones de rizos castaños que apuntaban a todas direcciones. Habló con confianza, a sabiendas de que tenía el respaldo de un testigo experto:

—No hay manera de que una mujer del tamaño de Cassie pueda mover un cuerpo del tamaño del de Tommy Tipp y

164

bajarlo al sótano, desmembrarlo y subir los restos por las escaleras para desperdigarlos por el bosque. Si ella estuvo involucrada, necesitó que alguien la ayudara, pero Cassie no tiene amigos, y lo sabemos por todo lo que se ha dicho aquí. Es más, no hay ninguna evidencia que sugiera que reclutó algún tipo de ayuda externa para llevar a cabo la espeluznante misión. ¿Cassie está enferma? Tal vez. ¿Cassie está celosa? Quizá. ¿Asesinó a Tommy Tipp? Difícilmente. Es mucho más razonable ver el pasado criminal de Tommy y los amigos que hizo en aquel entonces. ¿Es posible que debiera dinero, que aún tuviera una doble vida? No lo sabemos con certeza…

Sin importar cómo, mi abogada los convenció a todos, los envolvió en la duda razonable y siempre le estaré agradecida por eso.

Salí de ahí siendo una mujer libre, con nada más que la desconfianza y suspicacia habituales que mancillaban mi nombre.

El doctor Martin estaba feliz por mí, pero también triste:

—Me imagino que ahora será imposible convencerte de que te internes en el hospital…

—Así es —dije sin caber en mí de felicidad—. Imposible, mi querido doctor.


Volver del hospital a la casa no fue del todo indoloro. El primer día le pagué al taxista, dejé mi bolso en la sala y de inmediato me puse a buscar a Pepper-Man, pero no estaba ahí. ¿Por qué habría de estarlo? Se había hartado de fingir ser Tommy Tipp y yo me había ausentado mucho tiempo. Pero él me preocupaba; me preguntaba cómo se habría alimentado en mi ausencia. Me imaginé todo tipo de cosas: lo vi perecer entre las raíces enmarañadas, seco y marchito como una momia; lo vi abandonarme por un ciervo hermoso y entrelazar su vida con él… Por lo general me calmaba al recordar que Pepper-Man había sobrevivido mucho tiempo antes de conocerme y que era capaz de cuidarse en todos sentidos. Y si se veía obligado a dejarme por otra vida, pues bueno, no podía hacer gran cosa al respecto.

Sin embargo, estos pensamientos no me mortificaron por mucho tiempo. Construir un vínculo como el nuestro, nacido en un primer momento de la necesidad y afianzado con la confianza, toma tiempo. En realidad, no pensaba que el haberme ausentado unos meses fuera motivo suficiente para separarnos. Sin embargo, me seguía preocupando que se hubiera transformado. Sabía que yo había cambiado un poco cuando me fui. Por primera vez había subido de peso, a pesar de la mísera comida del hospital. Por primera vez en mi vida adulta tenía caderas de verdad y pechos de buen tamaño. El color de mi piel había mejorado y me sentía mucho menos propensa a los dolores de cabeza y la fatiga. La enfermera que me hizo los exámenes de sangre incluso mencionó que mi deficiencia de vitamina B había desaparecido de pronto y que los niveles de hierro estaban aumentando. Me imagino que ese era el lado bueno de estar sin él.

La Cassie de carne y hueso había florecido físicamente, pero en su interior había dolor.

Como no encontré a Pepper-Man en ninguna parte de la casa beige, salí al bosque a buscarlo, con la esperanza de ver también a Mara. Caminé y caminé, pero el camino nunca se bifurcó y el entremedio nunca apareció. El velo en sí parecía haber desaparecido. Nunca olvidaré el horror que sentí en ese momento, cuando pensé que había perdido a mi hija, mi verdadero hogar. Primero intenté convencerme de que no lo encontraba porque hice algo mal, que di una vuelta en el lugar equivocado, así que regresé al inicio del bosque para volver a recorrer el camino, esperando encontrar la curva que indicaba que más adelante estaba la bifurcación, pero nunca la encontré. Entonces, grité, me alteré y caminé en círculos mientras llamaba a mis seres queridos, así pasé toda la noche. Al final volví a casa, cansada, con los ojos llorosos y la voz ronca. Tenía las palmas de las manos pegajosas por haber azotado los troncos de los árboles y arrancado el musgo del suelo, y las rodillas llenas de costras por haberme arrodillado en el dique rocoso junto al arroyo. Sentía el corazón vacío, como si todos mis sentimientos hubieran emprendido el vuelo.

En ese momento me sentí muy frágil, hecha de papel de arroz, delgada y quebradiza, solo una chispa habría bastado para prenderme en llamas y acabar con todo por dentro. Sentía que mis pulmones, riñones y cerebro eran de papel, que el viento barrería mis pies y el agua me disolvería. Sentada en esa casa vacía, en el cómodo sofá azul, con la mirada en el vacío, sentí deseos de desaparecer… Sin Pepper-Man ni Mara…

Estaba sola.

Me cepillé los dientes de manera automática y me puse una pijama limpia. Miré mi bolsa de artículos de tocador, llena hasta los bordes con las medicinas que me habían recetado. Me había atrasado mucho con unas pastillas grandes y azules, y más todavía con la pastilla blanca y amarga. Las saqué todas y las aventé al bote de basura.

Lo último que quería antes de irme a dormir era pararme frente a la puerta del sótano, donde rompí la odiosa cinta amarilla de la policía y la arranqué.

La casa beige era mía otra vez, pero la cama estaba vacía. Vacía y fría, como yo.

Cuando por fin me dormí, exhausta por mi búsqueda desesperada, entré en una duermevela sin sueños, sin bosque, sin raíces y sin Pepper-Man, sin señal alguna de los rizos castaños de mi hija.

El día siguiente comenzó de la misma forma; todo había desaparecido. Solo me puse ropa de vestir, me até el cabello y volví a salir a buscar al bosque. Cuando el camino se rehusó a revelarse, intenté todos los trucos que se me ocurrieron, caminé en sentido contrario al de las manecillas del reloj alrededor de un roble antiguo; construí círculos de piedras con hechizos; quemé manojos de madera de roble y espinas, y tomé tés de hierbas y flores silvestres. Nada ayudó, me habían cerrado la puerta a la tierra de las hadas. Entonces me solté a llorar desconsolada, después me hice una cortadura y dejé que el agua del arroyo lamiera la sangre de mi piel. Le rogué a Pepper-Man que por favor me dejara entrar y llamé a Mara a gritos.

Aun así no obtuve respuesta.

Regresé a casa ya casi al amanecer, cuando el cielo se coloreó con una luz blanca y desoladora. Fui al baño, me metí a la ducha y ahí me quedé un rato para dejar que el agua caliente suavizara mis piernas adoloridas, y otra vez empecé a llorar por todo lo perdido. Las lágrimas y los mocos me caían por el rostro y se iban por el drenaje mientras me lavaba poco a poco. Entonces la vi, a través de la cortina de plástico transparente, una espiral entre el vapor de agua y el calor. No era exactamente un hombre, sino una silueta; quizá una mano que se movía en la niebla. Algo que podía ser el contorno de una cara, con un par de huecos que se asemejaban a unos ojos oscuros.

Entonces me armé de valor, me tragué mis dudas y elegí creer que lo que había visto era una señal de que, después de todo, no había perdido por completo el otro mundo y tal vez un día volvería a verlos, a mi Pepper-Man y a mi Mara. De pronto me reí en vez de llorar, parada en la ducha mientras el agua se enfriaba y el vapor del baño se esfumaba.

Al día siguiente, cuando desperté, Pepper-Man estaba ahí.

Yacía sentado encima de mi cómoda, mirándome. Se veía igual que antes, cuando estábamos casados, con sus ojos verdes y alargados, sus pómulos afilados, sus hombros amplios y caderas estrechas. El cabello, que poco a poco se había tornado de un color castaño claro, le caía sobre el regazo, aunque se veía más enredado que de costumbre. El alivio me inundó y casi rompo a llorar de nuevo, pero entonces Pepper-Man vio que estaba despierta y saltó al piso.

—¿Así que ya puedes verme? Pensé que tendría que correr y gritar en los bosques durante semanas…

No pude evitar reírme, aunque estaba llorando.

—Pensé que los había perdido para siempre, a ti y a Mara.

—Te envenenaron para que no me vieras —dijo furioso—. Levantaron muros entre nosotros, llenaron tus venas de toxinas, ¿las sientes? ¿Sientes cómo serpentean en tu interior?

—¿Hablas de las pastillas que me dieron? —Nunca se me había ocurrido que tuvieran algún efecto en mi capacidad para ver hadas, aunque el doctor Martin me dijo que ese era precisamente el punto.

—Claro —dijo Pepper-Man—, son armas para cegarte.

—No pensé que eso fuera posible.

—Bueno, ahora lo sabes.

—Me deshice de todas ayer.

—Bien hecho —dijo.

—Pensé que solo le funcionaban a la gente loca…

—Bueno, las mujeres como tú, que se juntan con las hadas, están locas, sea lo que sea que eso signifique.

—Entonces prefiero estar loca. —Me solté a llorar.

Me besó en la frente y se acostó junto a mí, en la misma cama que compartimos cuando vivíamos como marido y mujer.

—¿Recuerdas que te dije que en la naturaleza todo puede ser devorado por otra cosa? Tus píldoras también son parte de las cosas que se pueden devorar y ellos a su vez pueden comerse todo lo mágico. No permitas que te las vuelvan a dar.

—No lo haré. —Pasé mis dedos por su cabello. En ese momento estaba tan agradecida de tenerlo de nuevo a mi lado que no me importó que me regañara un poco.

—Corrimos contigo anoche, Mara y yo, y también Harriet. Respondíamos a tus llamados. Las puertas de las colinas estaban abiertas de par en par y las niñas del agua lamían la sangre de tu piel, pero ni así podías vernos. Mara estaba muy consternada, Gwen tuvo que prepararle un brebaje calmante y cuando terminó de beberlo la envió a dormir a un tejo. El doctor Martin ejerce un extraño poder, con el cual puede hacer que una madre no vea a su hija.

—No creo que él se considere especialmente poderoso.

—Entonces con más razón hay que temerle. Un mago que no entiende su arte puede hacer un gran daño.

—Pero heme aquí —dije—, y las medicinas están perdiendo su efecto. Vamos a celebrar. —Desaté los lazos de la pijama, me recosté y cerré los ojos.

Hogar, dulce hogar.

El mismo día, pero más tarde, vi a Mara, mi hija, con su cabello rizado y enmarañado que le caía por la espalda; me estaba esperando en la orilla del bosque. No puedo describir la alegría que sentí al abrazarla. Mi hermosa hija de las sombras, a la que perdí por un breve instante. Me besó y me estrechó, después me tomó de la mano y me llevó al bosque, a la colina, donde le conté todo lo que había pasado, cada acusación, cada insulto y cada titular desagradable. Dejé salir todo mi enojo, incluso la ira hacia mi familia que llevaba mucho tiempo guardando y reprimiendo.

Viendo las cosas en retrospectiva, pienso que no debí hacerlo, pero deben entender que no tenía idea de lo que Mara era capaz de hacer, del daño que infligiría más adelante.

Su madre concedió una entrevista a la *Gaceta de S–* poco después de que yo regresara de aquella inmerecida temporada en el hospital. Supongo que sintió que debía hacerlo para guardar las apariencias o para rescatar lo que quedaba de su dignidad después de que yo la arruiné de una forma tan grosera. Eso fue antes de la publicación de *Extraviada entre hadas: un estudio de la psicosis inducida por trauma*. Imagínense. Después de eso no hubo marcha atrás.

Mara leyó en voz alta todas las cosas lindas que dijo Olivia. «Siempre creímos en su inocencia», pronunció con una mueca de desdén. «Mi hermana es incapaz de ejercer tal violencia…». Mara tomó un bollo de canela de la charola que estaba en la mesa y se lo comió mientras, con el ceño fruncido, examinaba la página. Tal vez estaba sorprendida por los halagos de una tía que jamás le había demostrado mucho afecto a su madre. Por mi parte, yo estaba feliz.

—Quizá quiera que nos reconciliemos —sugerí—. Tal vez nuestras diferencias quedaron atrás.

En ese momento en verdad lo creí. Así que supongo que se pueden imaginar mi sorpresa cuando regresé del hospital y los días pasaron sin que tuviera noticias de ella. Incluso le llamé dos veces y le dejé mensajes por medio de ustedes. Aun así Olivia jamás me devolvió las llamadas ni supe nada de ella, pero claro que eso era de esperarse. Una vez Ferdinand se acercó a la casa beige, pero no entró; se quedó parado en la puerta, pálido e incómodo.

—Me da gusto que estés libre, Cassie —dijo.

—Bueno, gracias, Ferdinand —dije. A decir verdad, yo también lo estoy.


Algunas veces me he preguntado qué habría pasado si ese día, en vez de dejarlo en la puerta, lo hubiera invitado a pasar y a tomar una taza de café o té mientras platicábamos. ¿Eso habría cambiado algo de lo que sucedió después? ¿Pude haber evitado la tragedia haciéndolo sentir menos solo, menos culpable?

Mara y Pepper-Man dicen que no, pero no puedo dejar de preguntármelo.

Mi hermano siempre fue un alma noble, por eso era presa fácil de las malas influencias. Quizá pude haberlo salvado.

O tal vez ya era demasiado tarde.

# XX

Criar a una niña de la colina no es tarea fácil, y quiero que ambos lo sepan. Mara y yo ya teníamos problemas desde antes de la publicación del controvertido libro del doctor Martin.

El primer gran obstáculo para entendernos era mi edad. Tenía apenas catorce años cuando tuve a Mara y no podía ir y venir a voluntad. Tenía que ir a la escuela y hacer tareas, una vida distinta a la de una madre. No estaba preparada en lo absoluto para la maternidad, no solo por la responsabilidad y la cantidad de trabajo que implicaba criarla desde que era tan pequeñita, sino por el embate amoroso que llegó con ella. Era luna nueva y había aparecido una estrella en mi horizonte, un nuevo sol que unas veces bañaba mis días de oro y otras veces de fuego. Quizá si no hubiera sido tan joven podría haber previsto eso, pero, como sí lo era, no pude hacerlo. Nunca imaginé lo mucho que esa niña significaría para mí.

Cada día después de la escuela, me iba al bosque con el corazón adolorido de añoranza e inquietud por el día que había perdido. ¿Habrá dormido bien? ¿Habrá llorado por mí? ¿Sus encías seguirán irritadas por el crecimiento de los dientes? ¿Qué habrá comido? ¿Cuánto habrá comido?

Dicen que se necesita un pueblo para criar a un niño. Por eso, siempre le estaré agradecida a la colina por haber criado a mi hija. Las hadas no solo la alimentaron y resguardaron, la cuidaron y la protegieron, sino que la trataron como una de ellas. Le enseñaron a defenderse, a cazar peces con las manos, a poner trampas y llamar pájaros, a infundirle la vida de un árbol a un zorro, a deshilar historias y volverlas a hilar, a bailar a la llegada del invierno y al término del verano, a caminar tres veces alrededor de la colina. A veces le llevaba regalos de mi mundo, los juguetes que yo había atesorado de niña: muñecas de porcelana con labios coloridos, animales de suave peluche, juegos de té floreados y libros para colorear, pero ella siempre prefería los juguetes de la colina. Así que Pepper-Man le daba regalos, barquitos cargados de hojas y bellotas, hechos con la corteza y la madera de los árboles, para que les diera vueltas en el arroyo; soldados hechos con ramas y espinas para que jugara a que se peleaban entre sí sobre el musgo hasta que corría el rojo de la savia del tejo, y animales tallados en dientes y huesos en cuyo interior aún se podía sentir la vibración de la vida. Le hizo abanicos de plumas para que los usara en el cabello, así como vestidos de cuero y bufandas de pelusa.

Siempre fue la hija de Pepper-Man, aunque no lo fuera en absoluto.

Si él no la hubiera cuidado tan bien, creo que me habría pasado el resto de mi juventud constantemente preocupada. Odiaba estar separada de ella y en realidad mientras crecía nunca hubo un día en que pudiera respirar tranquila, pero sabía que Pepper-Man la cuidaba y que con frecuencia le hablaba de mí en la colina. Sabía que Harriet la alimentaba con sangre y pasteles, y que Gwen le enseñaba a tirar con arco y flecha. Francis también la cuidó bien y le enseñó a tocar el violín.

Su educación fue amplia, pero poco convencional: la hizo apta para la colina y ningún otro lugar. Podía sobrevivir y crecer como un hada, pero nunca viviría conmigo. Cuando encontramos un nido de pájaro lleno de polluelos rosas que piaban, se los llevó a la boca y los masticó hasta acallarlos. Cuando encontramos un conejo herido, mi hija sacó una navaja, le cortó la yugular y se le quedó mirando impasible hasta que aquel murió. Nunca buscaba lastimar a nadie, pero tampoco lo evitaba. No sentía empatía como yo y nunca se sintió frágil ni vulnerable; siempre fue dura, rápida y capaz. Apta para el bosque, pero no para los suburbios, o eso creía yo en aquel entonces.

Ahora pienso que era una especie de tigresa oculta en el ruido de un nido de avispas, un cuervo entre cuervos. Pudimos haberla bañado y peinado, para después ponerle un vestido rosa y enviarla al ballet. Fingir que era una niña de mazapán de mandarina, no un fruto duro, rojo y venenoso; tal vez habría funcionado bien por un tiempo.

Pero en ese momento Mara y yo bailábamos en el bosque, mientras Francis tocaba la flauta. Mandábamos barquitos llenos de libélulas por el río para que las niñas del agua los encontraran. Jugábamos con relucientes pelotas de nada y las aventábamos al cielo. Yo también era una niña, ¿saben? Apenas tenía dieciséis años. Ella era la muñeca de mis sueños, mía por completo, cada vez más grande y más hermosa, con brillantes dientes blancos y una mata de espeso cabello que le caía por la espalda. Y cuando era pequeña siempre estaba feliz. Su risa ronca inundaba el bosque y hacía que los pájaros al oírla se echaran a volar desde las copas de los árboles y que los zorros huyeran de sus madrigueras.

Cuando la desteté, Mara se hizo amiga de un halcón que vio en un bosque de pinos. Pepper-Man estaba muy orgulloso de ella cuando lo llamaba para atraerlo. Era una hermosa y enorme criatura de color café. Lo alimentó durante años y surcaba los cielos con él. Cuando este envejeció y ya no pudo sostenerla, consiguió otro igual de grande y hermoso. Mi Mara tiene debilidad por los halcones.

Pero como su madre, también tiene su carácter. Y a medida que fue creciendo, también se fue volviendo más temperamental. Los berrinches de la infancia desaparecieron y dieron paso a un fuego abrasador.

—Es una guerrera —dijo Gwen.

—Pero ¿con quién va a pelear? —pregunté.

Gwen se encogió de hombros; los ojos dorados le brillaban.

—Ella sabrá, tú solo mira. La lucha siempre sigue a quienes saben pelear.

Recuerdo que me incomodaron sus palabras. Nunca visualicé a mi hija como alguien que tuviera que pelear, pues luchó mucho para nacer. Como todas las madres, deseaba que sus días fueran ligeros y luminosos, que sonriera mucho más de lo que llorara. Deseaba dulces para ella, no un vino amargo.

Claro que los padres tenemos muy poco control sobre esas cosas. Nuestros hijos son quienes son, para bien o para mal. Mi hija volaba con halcones, tenía alma de guerrera y no había nada que yo pudiera hacer para cambiar eso. En vano intenté alejarla de ese camino enseñándole a leer. Me imaginé que le haría bien aprender un poco más sobre la gente y el mundo, saber que había otras maneras de pensar y actuar. Desde el principio le encantó leer, pero eso solo la hizo más brillante, no más compasiva ni noble.

Eso es lo que obtienes cuando permites que las hadas críen a tu hija: no se convierten en seres dóciles porque ninguna de ellas lo es. Solo se rinden ante los tambores y las flautas; solo reverencian a la luna y la noche. Para ellas toda la vida es sagrada porque desean tenerla. Son sangre, abedul y hueso, agua, raíces y piedras, y de eso no puede surgir empatía alguna.

Pero el amor aún puede crecer.


Últimamente Pepper-Man y yo hemos hablado mucho de aquella época, de esos días felices en la colina, cuando Mara era una niña y corría por los bosques con su vestido de cuero. En el ocaso de la vida es un privilegio recordar, pues nadie espera que hagas gran cosa y tienes permiso de vivir en el pasado. Yo lo hago: me paso las horas en el vestíbulo solo conversando con mi Pepper-Man.

Por supuesto que Mara ya no es una niña, dejó de serlo mucho antes de que Tommy Tipp muriera por segunda vez. Ahora desaparece durante días porque va a la caza de algún nuevo halcón, o porque se dedica a hacer travesuras y causar problemas junto con Francis. Según Mara, él quiere tener a un niño de la colina nuevo e inmaculado. Quiere procrearlo él mismo en el vientre de una mujer y criarlo como suyo, igual que lo hizo Pepper-Man.

—Es una cosa masculina tan horrible —dijo Pepper-Man mientras veía el atardecer enrojecido—, esa necesidad de reproducirse para demostrar la propia valía.

En mis años de madurez retomé el tejido para mantener la agilidad de los dedos, y las agujas chasqueaban alegremente mientras conversábamos.

—No creo que sea algo específico de los hombres. Creo que esa necesidad es independiente del género y la especie.

Las últimas fechas, Pepper-Man ha estado usando un uniforme de un color azul descolorido y botones brillantes, con todo y bayoneta. No estoy segura de que sepa que ya ha vestido esos colores. Creo que son un eco de su pasado, del tiempo en que estaba vivo. Podría estar equivocada, claro, y puede ser que tenga la guerra en la mente. Él es lo que come, siempre lo ha sido. Tal vez es la muerte que me saluda y viste a mi amante con un disfraz de soldado.

—Sin importar la razón, preferiría no ver a mi hija inmiscuida en un plan como ese. No es fácil crecer entre dos mundos, y ella más que nadie debería saberlo.

—Dudo que ella piense en esas cosas, nuestra hija no es un ser compasivo.

—No —reconocí—. Ella será muchas cosas, pero no es ni tierna ni noble.

Y creo que eso causó todos los problemas.

Nos estamos adentrando en aguas turbias. Ya casi estamos llegando a las partes de la historia que tienen más que ver con ustedes, en las que vamos a hablar de los sucesos que segaron su alegría infantil y quebraron sus vidas. Las cosas que los han perseguido desde entonces.

Nos acercamos al final de la familia Thorn.

# XXI

Pepper-Man y yo tuvimos buenos años en esta casa en la que ahora están. Mara también, cuando quería. Desde que nos mudamos más lejos del pueblo siempre fue bienvenida. Mi hija es injusta con la colina, después de todo es el lugar en que nació. Es una niña salvaje y siempre lo fue, justo como un hada.

Fue aquí, en la casa lila, donde florecí como escritora. La proximidad a la colina me convenía, así como la cercanía con mi Mara. El dinero siguió fluyendo incluso después de que se agotó el «fondo Cassie» que el doctor Martin me regaló.

Dinero libresco. Dinero mágico. Dinero de sangre.

Y todo eso será de ustedes pronto, si tan solo leen un poco más.

Me pasé años haciendo de esta casa lo que es hoy en día. Viví entre carpinteros y pintores, entre los escombros que estos dejaban y sus herramientas. Pedí muebles e hice que unos hombres fuertes, vestidos con overoles, los metieran a la casa. Al principio fue espléndida, pero como todas las cosas que se construyen en el país de las hadas, terminó por ser reclamada por el bosque, que siempre entra a hurtadillas y se instala hasta forrar la base de cada mueble. Lo que ven como deterioro es resultado de que el bosque está recuperando lo que alguna vez le perteneció.

En esta tierra solo estamos de paso; siempre va a haber hongos en la bañera, hormigas en el té y ardillas en el vestíbulo. Los bosques mágicos son un territorio salvaje. Todo crece más y con más rapidez. Todo es impulsado por un apetito insaciable, un hambre de vida, de vivir. En medio de eso, la casa lila es solo una isla. No tiene sentido tratar de mantenerla en orden.

Quiero que sepan que sí puedo distinguir los hechos de la fantasía. Sería una mala escritora si no pudiera. Sé que Ada, en mi primera novela, nunca fue a Honolulú. Sé que Ellie, en la siguiente, nunca se enamoró de su cuñado viudo. En mi novela más reciente, que quizá fue la última, sé que Laura nunca abrió un salón de belleza ni se mudó con el conserje que era su vecino. Sé que nunca pasó y que nunca pasará. Nunca he conversado con mis personajes ni he soñado con ellos por la noche. Son solo imágenes, simulaciones de personas con las que mis lectores se pueden identificar. Mis libros solo dan una probadita de la magia de las hadas; huyo con ella, le doy giros y la despliego en una historia.

A las hadas les encantan mis historias, justo por su humanidad. Para ellas son un vistazo a nuestro mundo, a las mentes, esperanzas y sueños de la gente que sigue viva. También son una retribución por los frascos para atrapar historias. Ellas me dan inspiración y yo les llevo sueños. Así es como han funcionado siempre esos tratos: saciamos nuestra hambre mutuamente. Pepper-Man toma vida de mí, pero también me la da. Los frascos de hadas son una parte de esa vida y Mara es la otra. Tommy Tipp, o al menos la versión de paja que hicimos para salvarme, era parte de nuestro acuerdo mágico.

Sin embargo, los lectores comunes y corrientes también adoran mis historias. Creo que lo primero que atrajo a la gente a las librerías y los hizo adquirir mi pequeño libro rosa fue una fascinación morbosa. Había conservado mi nombre de casada, por supuesto, y este se mostraba orgullosamente en la cubierta, con florituras y letras doradas.

*Soles dorados* de Cassandra Tipp.

Estaba orgullosísima de ese libro. Resultó ser el primero de muchos.

Más adelante, cuando el recuerdo del juicio y del libro del doctor Martin se desvanecieron, me convertí en la viuda triste que superaba el dolor y la tragedia familiar escribiendo sobre amor y finales felices. En aquel entonces mis lectores consideraban bello y romántico que yo escribiera de esas cosas después de haber perdido al amor de mi vida.

Sin embargo, en gran medida lo que hacía que mis lectores regresaran fue el hábito. Ya saben, eso es lo que pasa si les cuentas una buena historia. Anhelan más del mismo sentimiento que les despertaste; se quieren sumergir en esas profundidades, nadar en ellas y beber del mismo pozo. Les hice pasar un buen rato cuarenta y dos veces. Pueden contarlas en la estantería de la sala. A cada volumen lo impulsó una serie de frascos de té de hadas; cada uno surgió de dientes de conejo, botones de flores y hojas. También los leí todos en voz alta en la colina, mientras los ojos dorados me observaban y el calor del fogón me lamía la espalda. Recibí pasteles y vino por las molestias que me tomé y después llegaban frascos de tés cada vez más exquisitos para saciar mi sed.

Pero para el momento en que *Soles dorados* salió a la venta, el doctor Martin ya había desaparecido.

Solo cuatro años después de la publicación de su libro *Extraviada entre hadas: un estudio de la psicosis inducida por trauma*, murió de forma apacible en su cama. Dijeron que murió por «causas naturales», pero yo no quedé muy convencida de eso.


A menudo me pregunto qué habría pensado de todo esto, del éxito que tuve. Él, que quería internarme en un hospital para que me dieran pastillas e inyecciones por siempre jamás, no porque tuviera malas intenciones, sino porque, sin importar lo mucho que me quisiera, yo seguía siendo su paciente.

La primera vez que vi la traducción de *Soles dorados* al japonés imaginé que él estaba ahí conmigo, con su mano sobre mi hombro, y que decía:

—Mira esto, Cassie. Creo que estaba equivocado. Sí tienes un objetivo que perseguir en este mundo. Habría sido un terrible error que te pasaras la vida en un hospital.

Pero eso fue solo una ilusión, claro. Sé que no era real.


Mara nunca quiso al doctor Martin. Para ella él siempre fue el hombre que intentó alejarme.

Le enseñé a leer y ella leía mucho; también leyó el libro del doctor Martin un poco antes de que él muriera.

No sé qué esperaba que fuera. Quizá otra fantasía de hadas en la colina o las aventuras de su madre, a quien rescataban en los bosques. Pero claro que no se trataba de una historia feliz; era cruda y dura, y estaba plagada de términos médicos y arrepentimientos.

Y siendo sinceros, me daba poco crédito.

—Aquí dice que me estás inventando —me confrontó un día. Yo estaba en la cocina haciendo un pastel.

—Eso es solo lo que piensa el doctor Martin, pero no significa nada —dije—. Ya sabes cómo son las cosas entre las hadas y los humanos. Después de todo, tú eres un ser oculto y debes permanecer así por muchas razones.

Esa fue una lección que debí haberme tomado en serio hace mucho tiempo.

—Pero está esparciendo estas mentiras por el mundo —dijo—. Está haciendo que te vean como una tonta o una loca.

—Si él piensa que dice la verdad, no está mintiendo. Supongo que para él estoy loca de remate.

—Pero ¿cómo puede estar tan seguro de que nos estás inventando? ¿Nunca ha visto un hada?

—No, cariño, y creo que ese es precisamente el punto. —Me limpié la harina de las manos en el mandil—. Las personas que no creen en las hadas por lo común nunca han visto una.

—Pero las personas creen en muchas cosas que jamás han visto, como la existencia de los hoyos negros o de los peces de aguas profundas.

—Esas cosas son más fáciles de comprobar, aunque dudo que toda la gente crea que existen los hoyos negros. Para muchos solo es otro cuento, están tan lejos que parecen irreales.

—De todas formas me parece mal que hable así de ti por dinero.

—Con el dinero de ese libro compramos esta casa. —Me agaché para revisar el pastel—. El doctor Martin y yo acordamos que podemos disentir —dije al pararme—. Él se puede quedar con sus convicciones y yo con las mías.

—Pero no —me contestó—. Quería darte pastillas, lo dice aquí en el libro, y también dice otras cosas, habla de mí… y de mi padre.

—Creo que deberíamos dejar este asunto en paz. —Le di la espalda, incapaz de mirarla a los ojos.

Me dispuse a limpiar la mesa de la cocina y deseé que, contra todo pronóstico, se olvidara del asunto. Para entonces ya había crecido y no podía prohibirle nada. No podía protegerla ni impedirle que fuera a donde no debía.

—Pero ¿es verdad lo que dice, mamá? —preguntó—. ¿Sufriste así cuando eras niña? ¿Soy hija de tu dolor? ¿Me llevaste a la colina para enterrarme? —La escuché levantar la voz a mis espaldas.

—Claro que no, Mara, por supuesto que no. —Me di la vuelta, puse mis brazos sobre sus hombros y la jalé para abrazarla, pero se los quitó de encima y se alejó—. Todo lo contrario, te llevé a la colina para que pudieras vivir —le dije, parada detrás de ella—. Eres hija de un hada, siempre has sido hija de un hada.

—Pero ser hada es lo opuesto a la vida, ¿no?

—No, para nada.

—Entonces, ¿por qué hiciste que viviera? —La voz se le quebró y sangró sal—. Si mi nacimiento fue como el doctor dice en el libro, ¿por qué no me dejaste morir y ya? Eras tan joven y estabas tan dañada, tan triste y sola…

—Para dejar de estarlo —la interrumpí—. Te tuve para dejar de estar triste y sola. Mira, tú siempre fuiste mía, desde que eras del tamaño de un dedo y dormías en la hoja de un roble, sobre la palma de la mano de Harriet, y antes de eso también eras mía. Nunca me arrepentiré de haberte tenido.

—¿Y alguna vez te vengarás de los que te hicieron daño?

—¿De qué serviría eso?

—Yo no creo que el mundo castigue a quienes hacen el mal. Creo que hay que vengarse de ellos.

—¿Para qué, Mara? ¿Para qué pelear?

—Por la justicia y el orgullo… por tu dignidad.

—Nada bueno surge de ninguna de esas cosas. De todas formas, ¿qué es la justicia? ¿Qué es el orgullo y la dignidad? No importan, Mara, nada de eso importa. Lo único importante es que sobreviví.

—¿Entonces es verdad lo que dice el doctor?

—Bueno, en alguna parte debió encontrar el origen del trauma al que se refiere en el título, pero para mí todo es muy confuso… En realidad no sé qué pasó en aquel entonces…

—Pero, por lo que él escribió, pareciera que mereces mucho más en la vida que solo sobrevivir.

—¿Por qué? Lo tengo todo, una hija hermosa y un hogar maravilloso. —De pronto me hizo sentir muy pequeña, como el ratón más diminuto que vive bajo la duela. Me hizo sentir que debí defenderme en vez de mantener la cabeza gacha y fingir que no me dolía. Tus hijos pueden hacer eso, avergonzarte—. Yo dejé que escribiera ese libro. —Justifiqué mi falta de valentía—. Lo dejé que contara la historia.

—Pero es la historia de él sobre ti, no la tuya.

—Eso no importa. —Me encogí de hombros—. Y recuerda

que parte de lo que dice es verdad. Aunque también dice muchas cosas que jamás sucedieron. Todo está horriblemente mezclado.

—Pero dejaste que tu familia se enojara contigo y te abandonara. Les permitiste que dijeran que todo era mentira y los dejaste vivir en esa negación…

—No sé si pueda culparlos…

—Entiendo que estés dolida, mamá, tal vez demasiado como para pelear y quemarlo todo, pero ahora yo pelearé por ti, por tu honor y el mío.

Sentí que la sangre se me helaba en las venas.

—No, Mara, por favor, preferiría que no lo hicieras. ¿Por qué molestar a un oso durmiente?

Levantó la barbilla y vi que los ojos le brillaban como brasas.

—Si no lo hago yo, ¿quién lo va a hacer?

—Eso pasó hace mucho tiempo, ellos ya están muy viejos y pronto morirán…

—¿Y jamás van a pagar por lo que hicieron?

—Eso quiero, que haya paz. Eso es todo lo que quiero de la vida.

—Te estás haciendo vieja. —Entrecerró los ojos casi por completo—. Solo los viejos y la gente sin esperanza, la que se da por vencida, dicen esas cosas.

—Tal vez me rendí —dije encogiéndome de hombros—. Y tal vez es suficiente con que haya sobrevivido.

# XXII

Y volvemos de nuevo a él, ¿no? Al libro que escribió el doctor Martin, *Extraviada entre hadas: un estudio de la psicosis inducida por trauma*. Tal vez se debe a que este tuvo un papel crucial en todo lo que sucedió después. Creo que cambió el curso del destino, nos cambió a todos.

El libro en sí es más bien árido. Relata la relación del doctor Martin con una joven paciente, a quien apenas se le disfraza como C– y quien después enfrentaría cargos por asesinato. El doctor escribe sobre una joven perturbada que perdió la capacidad para distinguir la realidad de la ficción, lo cual atribuye a que fue víctima de abuso sexual y psicológico a muy temprana edad y, por lo tanto, construyó un mundo propio para escaparse. Al principio eso estuvo bien, pero los problemas empezaron cuando su mundo de fantasía empezó a volcarse sobre el mundo real y ambos mundos se confundieron en su mente. «Ella vive en ambos mundos al mismo tiempo. Sus amigos mágicos son tan reales para ella como su familia y compañeros de la escuela, quizá hasta más». En el libro menciona a Pepper-Man como ejemplo de la manera en que evoluciona el mundo imaginario de C–: «Ella intenta sanarse a sí misma alterando a sus personajes: el amable monstruo de su infancia (el abusador), quien le da regalos, pero también la lastima, se transforma en un príncipe en su adolescencia. Se convierte en un hermoso salvador que llega para apartarla de su cruel familia. Su contraparte en la realidad es el hombre que se convertiría en su esposo. Aunque parece irracional para la gente cuerda, este intento de sanación de hecho es señal de un instinto de supervivencia altamente funcional. Al reescribir la historia y borrar las cosas que le dolieron, su mente está luchando para sanar las heridas que le infligieron».

Si consideramos cómo son las historias, esta no es mala. El doctor Martin la tomó y logró redondearla, y al final formó con ella un paquetito muy pulcro. La vio a través de una lupa y tejió una nueva narrativa hecha de fragmentos. Sobre Mara, escribió: «El aborto fue otra violación de su cuerpo, otra situación en la que se encontraba totalmente desvalida y a merced de sus abusadores. Su mente se pone a trabajar, desenmaraña el incidente y logra reescribir uno en el que ella salva a la niña llevándola a la colina de las hadas (donde los muertos siguen con vida). En el mundo real pierde a la niña, pero en su mundo de fantasía sigue viva. Ella sobrelleva su pérdida sin enfrentarla porque no tiene que hacerlo. La niña sigue ahí, solo está desplazada y puede crecer de una manera en que C— no pudo hacerlo».

Era obvio por qué Mara estaba enojada, pobre niña.

El doctor Martin pasó mucho tiempo buscando los orígenes de mis delirios, examinando desde los cuentos de hadas que leí de niña hasta la selección de libros sobre folclor y mitos que había en la biblioteca de S— en aquel entonces. No estoy segura de si quedó o no satisfecho con lo que logró averiguar con eso.

No dice de manera directa que C— haya matado en realidad a su esposo, pero sí menciona que: «Si ella hubiera asesinado a su esposo como resultado de una pelea entre ambos o porque la relación se hubiera marchitado, su mente habría retrabajado la historia con rapidez para reescribirla y sanar las heridas. ¿Y si él no hubiera sido humano, sino un hombre hecho de ramas y piedras de río? ¿Y si quizá el príncipe real se escondía adentro de él, y el cuerpo en cuestión, con sus defectos y apetitos, no importaba gran cosa en realidad? ¿Y si, mientras su mente seguía justificando sus actos, su esposo real estuvo muerto todo el tiempo y su consorte mágico, su consuelo infantil, se hizo pasar por él durante años? Entonces, no es un crimen desmembrar su cuerpo y llevar sus partes al bosque en una carretilla...».

Lo cierto es que a su madre y a sus abuelos no les hizo ninguna gracia la publicación de este libro. El protagonismo del doctor Martin dejó caer un montón de estiércol en su jardín, que apestó todo el vecindario.

—¿De dónde salió todo esto? —me preguntó mi madre por teléfono, aunque más bien me gritó la pregunta—. ¿A qué vienen estas acusaciones ahora? ¿Es porque no fuimos al juicio?

—Es solo un libro —intenté explicarle.

—Pero está presentado como si fuera la verdad, Cassie. Todo el mundo lo leerá. No nos recuperaremos de esto. ¿Acaso no sientes compasión por tu madre y tu padre?

—No, en realidad no. No los he visto en un buen rato. Algunas veces hasta me olvido de que aún están vivos.

—Bueno, ¿no crees que al menos merecemos un poco de respeto? Nos costó trabajo criarte, no fuiste una niña fácil...

—Lo sé, fui mala, ¿no?

—Sí, lo fuiste. Parecía que nunca podías hacer nada bien. Y sí, quizá fui dura a veces, pero eso no significa que yo sea responsable de que te hayas convertido en lo que te convertiste por tus malas decisiones... —dijo. No pude evitar soltar una risita ante su arrebato, lo que solo la enfureció más—: ¡Deja de reírte de mí, Cassie! ¿Qué significa todo esto? ¿Te estás vengando? Has de saber que tú también eres responsable de todo lo que pasó, si no hubieras sido tan mala...

Colgué el teléfono.

No volví a escuchar su voz sino hasta el funeral.

Me imagino que fue difícil para ellos. El libro causó un gran revuelo, la prensa retomó mi caso, me seguía, me tomaba fotos y también fotografiaba a mi familia siempre que se atrevían a salir de casa. Una vez vi una fotografía de mi madre en la primera plana de un periódico, tenía la cabeza cubierta con un pañuelo y unos lentes de sol grandes, estilo Hollywood. Olivia también usaba sombreros de ala ancha decorados con flores y lazos.

Siempre me negué a dar entrevistas. No podía soportar hablar de eso y quise mantener intacto mi falso anonimato. El doctor Martin sí se presentó en algunos programas de televisión en donde hablaba largo y tendido de C– con otros médicos y sobrevivientes de abuso. Al final, creo que el libro generó un poco más de compasión hacia las personas que han sufrido mucho, y eso, aunque sea poco, es valioso, ¿no?

Pero entonces apareció Mara.


No esperaba que reaccionara al libro como lo hizo. No pensé que le afectara tanto. Ella era intensa, claro, siempre lo había sido, pero no me había dado cuenta de que le causaría tanto dolor.

Incluso llamé al doctor Martin para advertirle sobre los sentimientos de mi hija:

—Está muy alterada —le dije—, le molestó mucho lo que leyó. Sobre todo la historia que contaste sobre su origen.

—¿En qué sentido dirías que está molesta, Cassie?

—Me culpa por no haberme vengado y dice que ella lo hará por mí.

—Cassie, quiero que inhales profundo y explores dentro de ti misma… ¿Sientes lo mismo que Mara?

—No —dije enseguida—. No pensé que así habían pasado las cosas.

—Pero sí lo crees, ¿cierto? Sabes que lo que escribí es verdad.

—No estoy tan segura…

—Cassie…

—Lo siento, solo estoy tratando de hacer lo que me dijo y buscando dentro de mí, pero esos son los sentimientos de Mara; no es algo que compartamos. De hecho, reconozco que me siento un poco culpable por no compartirlos.

—¿Cómo?

—Bueno, me parece que quisiera hacerme reaccionar, hacer que me hierva la sangre y me avergüence como le pasa a ella. Me considera débil por no actuar, por no pelear. ¿Sabe a qué me refiero?

—Pero sí lo hiciste, Cassie. Sí contraatacaste, solo que lo hiciste a tu manera, y Mara es la prueba de ello.

—¿Porque la inventé?

—Exactamente. Luchaste con las herramientas que tenías a tu disposición.

—Por alguna razón dudo que se sienta satisfecha con esa explicación.

—Entonces, ¿qué crees que piensa hacer con su enojo?

—No sé, pero me preocupa.

—¿Estarías dispuesta a reconsiderar volver al hospital? ¿O a tener en cuenta mi oferta y aceptar que te recete algo…?

—No, doctor Martin, no. Los perdería a todos y no quiero eso.

—Entiendo que es difícil dejar ir, pero no quieres que Mara lastime a alguien, ¿o sí?

—Claro que no, por eso le estoy hablando, para que me aconseje.

—Estoy obligado a reportar lo que está pasando si considero que eres una amenaza para ti misma o para alguien más, o si piensas que Mara lo es.

—¿Lo haría?

—En serio me preocupas.

Solté una risita insegura y temblorosa.

—¿Por qué cree que esté tan enojada? —le susurré al teléfono.

—Bueno, creo que Mara podría estar cambiando, al igual que lo hizo Pepper-Man, porque ahora necesitas que sea otra cosa. Tal vez en realidad sea tu hija, en cierto sentido. Es una parte de ti que te pertenece, pero crece de manera independiente y se convierte en una fuerza con la cual es necesario lidiar y que hasta a ti te sorprende.

—Estoy segura de que ella no estaría de acuerdo, pero, por favor, continúe…

—Tal vez Mara es el enojo que nunca te permitiste sentir porque no pudiste darte ese lujo. Sin embargo, ahora eres más fuerte, el libro se publicó y miles de personas leyeron tu historia. Ahora puedes permitirte estar enojada, incluso la gente en la televisión te anima a enojarte. Eso no te hará daño alguno. Tal vez Mara se convirtió en la encarnación de ese enojo.

—¿La hija de mi dolor?

—Así es…

—O quizá es una hija muy enojada que se acaba de enterar de que una vez le sucedió algo malo a su madre.

—También puede ser.

—Entonces, ¿qué hago?

—Tienes que averiguar a dónde va su ira, si es una amenaza para alguien.

—Y ¿si lo es?

—Entonces debes internarte, Cassie. No hay otra opción.

—¿Y eso cómo ayudará a Mara?

— Lo hará, Cassie, confía en mí…


Sin embargo, nunca me interné en el hospital, incluso después de darme cuenta de lo que Mara podía hacer y haría.

Sabía que no ayudaría en nada, que si yo no estaba ahí para calmarla, las cosas empeorarían.

Una vez me dijo que fue a ver al doctor Martin antes de que muriera, pero no sé si fue verdad o no.

—¿Qué te dijo? —le pregunté.

Estábamos sentadas mirando el sol en el vestíbulo de mi casa y compartíamos un tarro de té de hadas. El mismo tarro que aparece al principio de *Soles dorados*.

—Al principio no dijo mucho. Estaba en su oficina escribiendo y yo solo me quedé parada en una esquina, donde no llegaba la luz, y desde ahí lo observé.

—Eso no fue muy amable de tu parte. Sabes que la gente odia que la espíen desde las sombras.

—Bueno, yo quería verlo.

—Y ¿luego qué? ¿Qué pasó?

—Tosió un poco, le dio un sorbo a su chocolate…

—¿Y?

—Me acerqué y me paré frente a él. Lo miré a los ojos cuando levantó la cabeza. Emitió un sonido, de esos que hacen ellos, como un estruendo… o un grito.

—Entonces, ¿estaba sorprendido?

—Claro. Luego le dije, muy lentamente para asegurarme de que escuchara cada una de mis palabras: «Estás viendo a un hada».

—No te creo.

—Claro que sí.

—¿Y de verdad te vio?

—Por supuesto que sí.

—¿Y qué dijo?

—Nada. Me fui. Creo que lo asusté. Espero haberlo hecho.

—No debiste asustar al pobre doctor Martin.

—Bueno, ya no hay nada que hacer al respecto. —Le dio un sorbo a su té—. Con eso de que está muerto y todo.

—Sí —dije—, es una pena.

Terminamos de beber el té en silencio.

# XXIII

Es momento de que hablemos de su tío Ferdinand.

# XXIV

No sé qué compartió su madre con ustedes sobre lo que sucedió. En aquel entonces eran adolescentes, frágiles retoños de corazones tiernos, y quizá prefirió ahorrarles los detalles.

Tampoco sé qué tan cercanos eran a él ni qué clase de tío fue para ustedes. Rara vez me invitaron a sus cumpleaños, como bien saben. Nunca tuve un lugar en la mesa familiar, ni siquiera cuando se suponía que Tommy Tipp estaba vivo.

Eso no me causa amargura alguna, quiero que sepan que así lo quise.

Antaño, cuando eran pequeños, Pepper-Man-en-Tommy y yo tomábamos el camino fácil y pasábamos las navidades en casa de los Tipp en vez de en la de los Thorn. Eso evitó que nuestros vecinos y amigos hicieran preguntas, y los Tipp nunca notaron la diferencia: todo el tiempo pensaron que Pepper-Man era su hijo.

Nadie se preocupó por preguntarme por qué no veía a mi familia con frecuencia. No tengo idea de cómo se los explicó su madre. ¿Ustedes lo recuerdan? Los veía cuatro veces al año, cada tres meses. Estoy segura de que lo anotaba en su calendario: «Llevar a los niños a ver a la tía Cassie y al tío Tommy». Quizá ustedes no lo ven de esa forma, pero los engañó con eso. Creo que era la manera en que su madre los despistaba, era lo menos que podía hacer para convencerlos de que todo era normal y seguro. Y si alguien en la escuela o entre sus amigos les preguntaba sobre nosotros, siempre podían decir: «Los vimos hace poco, las petunias de la tía Cassie se ven hermosas este año» o «la tía Cassie y el tío Tommy acaban de comprar una sombrilla nueva; comimos helado y fresas en el jardín». Así nadie sabría que nuestra relación era tan fría y ustedes crecerían con la ilusión de ser parte de una familia saludable.

Estaba bien así tanto para Olivia como para mí, y supongo que también para mi madre.

Creo que los engañaban así con frecuencia.

Sin embargo, después del juicio las visitas se acabaron. Aunque dijo lo contrario, mi hermana siempre me consideró culpable, así que creo que le preocupaba dejar a sus polluelos cerca del nido de la víbora, y en realidad no puedo culparla por eso. Para ser franca, no puedo decir que los extrañé mucho. Tú, Janus, siempre fuiste un niño taciturno e insatisfecho. Y tú, Penélope, vivías temerosa de ensuciarte las manos y eras demasiado quisquillosa con los dulces: «Es muy ácido, sabe muy dulce, está muy pegajoso», y yo no tengo paciencia para esas cosas.

No sé cómo justificó su madre lo que pasó en aquel entonces, qué fue lo que les contó al respecto, si es que alguna vez lo hizo. Tampoco sé si alguna vez le preguntaron: «¿Iremos a visitar a la tía Cassie?» o si ustedes, como yo, suspiraron aliviados cuando el verano se convirtió en otoño y el otoño en invierno sin que el auto de Olivia pasara un solo segundo en la entrada de mi casa. En realidad nunca me gustaron mucho los niños, a excepción de mi hija, claro. Ahora ambos son mayores, y tú, Penélope, no tienes hijos, así que creo que puedes entenderme.

Mi casa estaba muy lejos de la suya, así que no sé cómo cumplió su función de tío, si se divertía jugando con ustedes en el jardín después de las cenas de los domingos, si era muy serio y rara vez podían hablar con él, si les inspiraba temor porque gritaba y manoteaba, o si hacía que se sintieran incómodos porque sus bromas no eran graciosas.

Para mí, Ferdinand siempre fue más como una sombra, un espectro alto y pálido que iba a la deriva por la casa en la que vivimos nuestra infancia, no hablaba mucho y nunca se reía. Siempre creí que era de buen corazón, pero en realidad tampoco lo analicé. Se diluía con facilidad entre nosotras, sus hermanas. Se desmoronaba bajo el pulgar de mi madre y temblaba ante el puño de mi padre. Creo que pasó gran parte de su infancia asustado y preocupado por el futuro, pero nunca se alejó de nuestra prisión compartida más que para mudarse a la casa de al lado, que mi madre le compró cuando quedó claro que él no tenía la iniciativa para adquirir una por sí mismo.

Para ella su hijo debe haber sido una decepción más que agregar a su lista. Aunque nunca lo diría, y menos a ustedes, pero puedo imaginar que él sí la escuchó decir eso más de una vez. De seguro lo atormentó a diario acusándolo de que su falta de ambición significaba el fin para la familia, de que no tenía éxito en nada, de que pudo haberlo tenido todo y, sin embargo, ahí estaba, saltando sin rumbo de un trabajo inútil a otro y sin terminar de estudiar ninguna de las carreras que comenzaba porque siempre se daba por vencido.

En realidad, ustedes no pueden entender eso; no saben lo que es estar roto, lo que es crecer como una paloma de vientre blanco entre cuervos negros como el carbón, lo que es ser una pieza que jamás embonará en el rompecabezas. Cómo podrían identificarse con el fracaso, con estar herido y sangrar por dentro, si ustedes crecieron en el castillo suburbano gobernado por la hermosa reina madre de S– y un padre ejecutivo.

No pueden.

Sin embargo, no creo que Ferdinand siempre haya sido así. Pienso que pudo haber sido un cuervo tan magnífico como todos los demás, capaz de surcar las alturas. Pero mi hermano tenía el defecto que ya mencioné, era de buen corazón. Para un niño tan blanco como él mi familia era veneno. Esta vez también me incluyo, pues al ser demasiado ruidosa, furiosa y salvaje para él, yo también fui una dosis del arsénico que corrió por las venas de ese pobre chico.

No éramos buena compañía para las palomas.

Me entristece decir que después de que me mudé a la casa beige casi me olvidé de su existencia. Se convirtió en una parte distante de mi madre, quizá su sombra silenciosa o su servicial sirviente. Recuerdo que sentí lástima por él, y aún la siento, pero nunca lo llamé ni lo invité a mi casa. Mi hermano era un desconocido para mí, incluso durante el tiempo en el que compartimos un techo.

Así que imaginen mi sorpresa cuando un día apareció en la puerta de mi casa lila, con las mejillas sonrosadas e inquietas y el cabello descolorido hecho un desastre. La corbata azul marino con palitos de golf colgaba bajo su pecho como un globo desinflado. El saco azul casual estaba desabotonado.

Esto fue casi dos años después del fallecimiento del doctor Martin. En aquel entonces yo me estaba acercando a los cuarenta y reflejaba mi edad. Sin embargo, Ferdinand, con sus sienes grises y su piel flácida, se veía más viejo que yo, parecía que se le hubieran venido encima los cincuenta años. Ignoro cuánto tiempo se había visto así antes de venir a verme.

Tal vez le afectaron todas esas preocupaciones y las noches que pasó sin dormir dando vueltas en la cama. Yo no estaba preparada para su visita ni para cualquier otra, y recuerdo que sentí un golpe de ansiedad cuando escuché que se estacionaba un auto.

—Tienes que ayudarme —me dijo cuando abrí la puerta.

Yo traía puesta una bata de satén sobre la pijama. Era más de mediodía, pero ya saben cómo somos los excéntricos, nos gusta holgazanear y comer croissants de desayuno.

—Ferdinand, ¿qué pasa? ¿Sucedió algo? ¿Le pasó algo a nuestra madre? —Eso fue lo primero que pensé, que a esa vieja por fin le había dado el patatús y se le había hecho añicos el corazón de hielo que tenía en el pecho.

Negó con la cabeza. Se veía abatido, se mordía los labios y abría y cerraba los puños.

—No —dijo con un hilo de voz—. Es algo peor.

—Entonces pasa.

Le abrí la puerta y entró tambaleándose como si estuviera borracho, pero no olía a alcohol. Lo llevé hasta la mesa de la cocina y serví café para los dos en unas tazas rosas grandes. Luego me senté frente a él y me pregunté si debía tomarlo de la mano, pero decidí no hacerlo. Sería demasiado incómodo, en vez de eso solo me senté y esperé a que empezara a hablar.

Para entonces se veía más tranquilo y, con la taza entre las manos, le soplaba a su café, pero la mirada que me dirigió reflejaba dolor.

—Creo que la estoy perdiendo, Cassie, de verdad la estoy perdiendo.

—¿Qué pasó? —Contuve otro impulso de tocarlo—. ¿Por qué estás tan descompuesto? ¿Mamá te hizo algo? ¿Fue él?

—No… no, nada eso. Se trata de mi mente, Cassie, es mi mente…

—Cuéntame. —Sentí una ola de preocupación surgiendo del fondo de mi estómago y estrujándome. Esto no era un buen augurio, más bien era el presagio de algo malo.

Reunió las fuerzas suficientes para alzar la mirada y encontrarse con la mía.

—Sabes que siempre te creí inocente.

—Lo sé —dije, aunque no lo sabía.

—No me importó lo que ellos dijeran, Cassie, yo nunca creí que fuera cierto, no fuiste ni eres una asesina.

—¿Por qué tocas ese tema ahora? —La preocupación florecía y me lastimaba.

Ferdinand se quitó los lentes y usó su pañuelo para limpiarse los ojos con delicadeza.

—No está bien —dijo con voz débil—. No está bien ver esas cosas.

De repente me quedé fría.

—¿Ver qué, Ferdinand? ¿Qué viste?

—Nada. —Me dirigió una mirada llorosa desde el otro lado de la mesa—. Por un tiempo no vi nada…

—Pero sí pasó algo, ¿no? Sí viste algo. —El corazón se me desbocaba dentro del pecho.

Su mirada empezó a moverse de un lado a otro, de la alacena a la mesa y de regreso.

—No sé lo que vi.

—Cuéntame, hermano. Tal vez yo sí lo sé. —De pronto lo más importante del mundo era que me dijera lo que vio para confirmar mis sospechas.

—Fue hace tanto tiempo…

—¿Cuándo éramos niños? ¿Lo viste a él?

—Sí. ¿Cómo podría olvidar esa cosa?

De pronto me sentí furiosa, quería estrellar mi taza contra la pared.

—¿Por qué nunca me lo dijiste? ¿Por qué nunca dijiste nada? ¿Por qué nunca me apoyaste? ¿Por qué no confirmaste mis historias? —En ese instante me sentí triste por todo el miedo que mi hermano había llevado a cuestas. Sabía muy bien cómo se sentía.

—Le dije a papá. —Bajó la mirada—. Le dije a él y deseé nunca haberlo hecho… Nunca volví a hablar de eso con nadie más y después de un tiempo dejé de ver… Después tú te mudaste. Pero pienso en ello con frecuencia, en esa criatura que se aparecía, con su cara horrorosa…

—Ay, Ferdinand. —Por fin lo toqué, puse mi mano sobre la suya. Tenía la piel fría y pegajosa—. ¿Qué pasa ahora? ¿Lo volviste a ver?

Se tomó un momento, negó con la cabeza y tragó saliva.

—Ayer en la noche, cuando estaba tocando el piano, sucedió algo extraño. Había dejado las puertas del patio abiertas para que el viento entrara. Algunas veces lo hago para sentir que la noche me rodea mientras toco.

—¿Y…?

—De pronto me dio la impresión de que alguien me miraba y cuando levanté la vista vi a una mujer parada adentro, justo al lado de la puerta, donde la corriente hacía que las cortinas se movieran.

—Ay, no. —De inmediato supe quién era esa mujer.

—Sí… y tenía una apariencia muy extraña, pero en ese momento estaba demasiado sorprendido para asustarme de verdad. Estaba despeinada, vestida con ropa vieja y sucia, una falda larga y una capa para ocultarse. También olía a tierra y a algo amargo, como a hierbas o savia de pino. Pero sus ojos… sus ojos brillaban, Cassie, brillaban al observarme en la oscuridad… Algo en su rostro me parecía familiar, como si ya la conociera. Me miró como tú me mirabas antes, cuando eras joven.

—Ay, no —dije de nuevo. Un dolor violento me comprimió las sienes y el nudo engarzado que tenía en las entrañas explotó. Me imaginé a dónde iba todo esto—. ¿Y qué te dijo?

—Bueno, cuando se dio cuenta de que la estaba mirando, atravesó la estancia y se detuvo al lado del piano. «Así que puedes verme aunque no lo desees», me dijo. «¿Quién eres?», le pregunté, sintiendo un frío que me llegó hasta el tuétano. «Soy una de las mentiras de mi madre», contestó. ¿Por qué dijo eso, Cassie? ¿Qué quiso decir?

—No sé —mentí lo mejor que pude—. Continúa…

—Bueno, ella se acercó y yo retrocedí, y entonces dijo muy despacio: «Nunca digas que no estuve aquí, querido hermano de mi madre», y después se fue. Se escabulló por la puerta del patio y se marchó.

—¿Eso dijo?

—Sí. —Ferdinand azotó la taza contra la mesa—. ¿Qué quiso decir con eso? ¿Es de ti de quien habla? ¿Quién es ella? ¿Es una vagabunda que recogiste, una paciente del pabellón psiquiátrico que se sintió identificada contigo? Pero sus ojos, esos ojos…

—¿Quién crees que era?

Sacudió la cabeza, me miró con horror y desesperanza.

—No sé —dijo—. No lo sé.

—¿Una vagabunda? —Arqueé las cejas—. ¿Una paciente?

—¿Quién más podría ser? —dijo en un susurro—. No podría ser eso, ¿o sí?

—¿Con *eso* a qué te refieres? ¿A mi hija? ¿A un hada?

—¡Cállate! —Su cuerpo entero se estremeció—. No es posible, no puede ser, papá me prohibió hablar de eso...

—¿Ahora te lo prohíbe?

—¿Quién es ella? —Se quitó los lentes y de nuevo se talló los ojos con el pañuelo.

—Mi hija, Mara.

—Mara, ¿eh? —Saboreó el nombre—. ¿Por qué fue a verme?

—Habrá tenido sus motivos, no siempre los conozco.

—¿Ella es la hija que sale en el libro?

—Sí.

Se tomó un momento, soltó el pañuelo arrugado y se volvió a poner los lentes.

—Siempre supe que Tommy no estaba bien, que había algo extraño en él. No parecía que fuera real. Aún me desconcierta que haya engañado a todo el mundo.

—La gente solo ve lo que quiere ver.

—No. Algunas veces solo podemos ver y no intervenir en el asunto.

—Es verdad.

—Pero ¿qué hay de esas otras historias en el libro? Mamá, papá y...

—No sé —lo corté de tajo—. Todo era muy confuso en aquel entonces. No sé qué pasó en realidad y hace mucho que dejó de importarme.

—Pero, papá...

—No sé. Mara lo cree así y está muy enfadada con él...

Suspiró largamente, se llevó la mano hacia la frente y se quitó los mechones rubios y canos.

—Todavía tengo pesadillas con él, con tu Pepper-Man.

—No es tan malo. Ha cambiado bastante.

—Solo lo recuerdo en mis sueños… alto, delgado y siniestro, con labios negros y uñas largas, y con la ropa hecha jirones…

—Durante un tiempo fue muy cercano a un árbol.

—¿Cómo puedes tomar esto tan a la ligera? —Al otro lado de la mesa, su mirada era implorante.

—Es la costumbre. —Me encogí de hombros—. Terminas por acostumbrarte.

—Yo no quiero acostumbrarme.

—Claro que no.

—Pero es real, ¿no? ¡Está aquí!

—Sí, lo más seguro es que esté. Lo he estado diciendo desde hace tiempo.


Estoy segura de que su madre les dirá que aquel intercambio en la mesa de la cocina jamás sucedió, que lo inventé, aprovechándome de que él ya está muerto y no puede contradecirme.

No puedo demostrar que se equivoca.

Nunca grabé las conversaciones con mi hermano ni aparecen en las notas de ningún médico. Lo único que tengo soy yo misma y mis recuerdos, y no dudo que Olivia los cuestionará.

Dirá que nunca sucedió.

Yo afirmo que sí pasó.

Eso y todo lo que vino después. Hasta el último detalle.

# XXV

La siguiente vez que mi hija vino a verme hablé con ella al respecto largo y tendido. Fue un día ventoso, la falda se le enredaba en los tobillos cuando entró por la puerta, quitándose el detrito del cabello con los dedos.

—No puedes andar asustando así a la gente. —Yo estaba sentada en el sofá color champaña, con una pluma rosa en la mano, pues estaba editando mi libro—. ¿Qué tratabas de hacer?

Se encogió de hombros.

—Nada, solo visitarlo, eso es todo. No quería que me viera y no hice ningún esfuerzo para que lo hiciera. Solo me vio y ya.

—Y ahora está aterrado. —Me quité los lentes con armazón morado y los puse sobre mi cabeza.

—Bueno, no hay nada que pueda hacer. A decir verdad, pensé que estarías complacida, al menos alguien sabe que, después de todo, siempre dijiste la verdad.

—No me importa lo que crean, no me interesa si piensan que miento. Toda mi vida me han dicho mentirosa, ¿por qué habría de interesarme ahora?

—Pero ¿no te parece que él merece saber que su hermana no está loca?

Me encogí de hombros.

—No entiendo cómo esto podría importarle a Ferdinand. Dudo mucho que mi salud mental le quite el sueño.

—De todas formas, ¿no te alegra saber que se enteró?

Me estiré en el sofá y dejé mi pluma en la mesa.

—Si Ferdinand fuera un hombre más audaz, ya lo sabría desde hace mucho. Cuando era niño vio a Pepper-Man.

Ella abrió los ojos como platos.

—Y ¿por qué no dijo nada?

—Sí lo hizo, le dijo a nuestro papá, y ese fue un gran error.

—¿Qué pasó?

—No sé muy bien, pero nada bueno. Nunca volvió a hablar de ello. Supongo que decidió que no debía creerlo porque no era real.

—Ay, ese hombre —dijo en tono burlón, se dejó caer a mi lado en el sofá y las páginas del manuscrito salieron volando—. Entonces, ¿por qué le sorprendió tanto verme si siempre supo que éramos reales?

—No quiere creer y no podemos culparlo, mira lo que me pasó a mí.

—Pero, aun así, mamá, ¿no es bueno saber que hay alguien más que nos puede ver?

Suspiré.

—¿Qué quieres, Mara? ¿Hacer una revolución, que las hadas se levanten y clamen que existen? ¿Que el velo se caiga para que tú también puedas tener una casa bonita y hacer carne asada los domingos?

—Me gustaría ser real, me gustaría no ser un secreto mancillado, algo que tienes que ocultar en la colina.

—Bien sabes que no fue para ocultarte que te llevé a la colina. —Recogí las páginas sueltas del piso.

—¿Ah, sí? —Le brillaban los ojos.

—Apuesto a que sí.

—La versión del doctor Martin es diferente a la tuya. Él dice que te llevaron a una clínica a cierta distancia de aquí y te hicieron una cirugía para que te deshicieras de mí.

—Bueno, eso dice, pero aquí estás, ¿no? Así que obviamente eso no sucedió.

—Pero y si sucedió…

—Entonces, algo salió mal.

—¿Así de fácil?

—Sí.

Se quedó quieta un momento, dándole vueltas a la idea.

—No quiero una casa bonita ni hacer carne asada los domingos.

—Claro que sí, quieres todo eso. Deseas vivir como el resto de la gente, esa es la maldición de tu humanidad, sentir que necesitas encajar.

—No soy humana —contestó.

—Sí lo fuiste alguna vez, como toda hada.

—Morí y me transformé. ¿Eso es lo que crees?

—Pero estás viva.

—En la periferia, en la lejanía del bosque soy apenas una sombra que atraviesa estos salones.

—¿Qué quieres, Mara? En serio.

—Que alguien pague por mi vida.

—¿Qué vida? —En verdad estaba confundida.

—Justo eso, mamá, ¿qué vida? ¿La que jamás viví o la que recibí? Una vida bañada en tu sangre…

—Pero eres feliz, Mara, ¿o no? —Traté de acariciarle el cabello, de calmarla de alguna manera, pero hizo a un lado mi mano.

—Seré feliz cuando cobre la deuda.

—Ay, Mara —dije—. No estoy segura de que esa sea la mejor manera de resolverlo…

—Entonces ¿cuál es? ¿Contentarme con lo que tengo sin conocer otra vida que no sea esta, invisible y hambrienta? ¿Con vivir solo en los límites de la mente de las personas?

—Bueno, es vida.

—¿Lo es?

—Por supuesto que sí.

—Estoy enojada —dijo— porque todo esto es injusto, pagué con mi vida el crimen de alguien más…

—No estamos seguras de eso.

—¿Soy hija de Pepper-Man? —Su mirada, ardiente como las brasas, se volvió a posar en mí.

—Eres y no eres la hija de Pepper-Man. ¿Acaso eso importa? Eres y ya.

—Ay, madre. —Se recargó y estiró las piernas—. Siempre fuiste muy buena víctima.

—No creo serlo, aunque el doctor Martin diría que sí lo soy.

—Aunque la historia del doctor no fuera verdad, de todas formas te robaron. Pepper-Man te tomó cuando eras una niña.

—Terminé por amarlo.

—¿Acaso tuviste elección? ¿Qué podías hacer si te llevaron con las hadas cuando eras muy jovencita?

—Es la maldición de poder ver.

—Es la maldición del depredador que atrapa a su presa, sé lo que es eso.

—Necesitaba alimentarse…

—Sí, todo el mundo dice eso…

—¿Qué quieres de mí, Mara? —Estaba a punto de perder la paciencia.

—¿De ti? Nada. Ya te desangraron demasiado.

—Entonces, ¿por qué no dejas ese asunto por la paz? Ya no me duele.

—Lo he intentado y no puedo. Te privaron de opciones y de paso también a mí.

—A todos nos pasa, Mara, así es nacer. No podemos elegir la vida que viviremos, si creceremos en S–, París o Nueva York…

—Pero no importa dónde vivas, todo es vida y es tuya, nadie te prestó su sangre para que lo fuera.

—El animal que se sacrifica para hacer la carne asada del domingo no estaría de acuerdo, ¿no crees? Todos vivimos de algo. Tú eres un hada, Mara, con la magia en cada punta de los dedos, una vida más allá de toda medida. La mayoría de las personas lo consideraría un don.

—Pero yo no, para mí es un premio de consolación.

Me quedé sentada y en silencio durante un rato. Para una madre siempre es difícil saber que no pudo dar lo suficiente, que todas las decisiones difíciles que tomaste no significan nada para tu hija, que siempre diste lo equivocado pensando que era lo correcto.

—¿Qué harás?

—Lo que sé hacer mejor.

—Deja en paz al pobre Ferdinand —le rogué—. No tiene nada que ver con todo esto.

Pero claro que no me escuchó.


Mara era hija del dolor, de la ira, y también hija del amor, siempre lo creí así.

En lo que yo era suave, ella era rígida, y en lo que yo me adapté, ella se mantuvo firme. Creo que debe ser difícil y agotador consumirse a tal grado. Cuando opté por el escudo, ella eligió la espada. Yo nunca miré atrás y nada bueno salió de ello. Mara, por su parte, siempre miraba al pasado y lo descifraba siguiendo cada hebra hasta llegar al principio, ubicando la culpa donde mejor le parecía. Nunca se conformó solo con vivir, o no vivir, según la suerte.


Les daré una salida, Penélope y Janus. Aún pueden alejarse de esto, pueden abandonar la historia antes de que se ponga fea. La contraseña es Thorn; sí, *espina*, como mi apellido de soltera. Pero no se sientan tan seguros, aún puedo cambiar de opinión en la siguiente página. Tal vez decida que no sea *espina*, sino *mermelada* o *gorrión*. Sin embargo, por ahora es *espina*.

Tal vez deban seguir leyendo.

# XXVI

La última vez que vi a Ferdinand estaba sentado en el vestíbulo de la casa lila, dormido en una de mis sillas de mimbre.

Me acababa de levantar y apenas tuve tiempo para hacerme una taza de café y ponerme la bata de satén. Era un hermoso y cálido día de otoño que parecía que duraría para siempre. Aunque era muy temprano, el sol centelleaba, rojo y bello. El viento que peinaba mi jardín, y atrapaba las rosas secas y las hojas del manzano, era tan caliente como un sauna y se sentía como una caricia. Era la mañana perfecta para tomar el café afuera. Tomé el manuscrito, que al parecer nunca pude terminar de editar, me puse los lentes en la cabeza y así, equipada con el placer y el quehacer, salí al jardín y lo encontré durmiendo ahí; con la boca abierta y roncando suavemente, con los ojos cerrados, de cara al cielo y con los lentes chuecos. Su camisa azul pálido estaba arrugada y grandes círculos de sudor en las axilas habían empapado la tela. Su corbata roja con perritos le cubría el hombro.

Me senté al otro lado de la mesa y asenté el café con cuidado para no despertarlo. Su auto estaba estacionado de forma descuidada y una llanta casi rozaba mis magnolias. No tenía prisa por saber por qué había venido y se había quedado dormido con tal descaro en mi vestíbulo. Sabía que no podía tratarse de nada bueno y que quizá tenía que ver con Mara; una parte de mí en realidad no quería saberlo. Así que retrasé el momento, tomé la pluma de tinta rosa y empecé a trabajar en mi libro, circulando o tachando palabras, escribiendo notitas para mí misma en las páginas. El café estaba bueno y el clima era agradable. Dejé que Ferdinand siguiera durmiendo.

Cuando por fin despertó, sin duda con dolor de espalda, el sol se arrastraba hacia el horizonte, listo para ponerse. Se levantó sobresaltado, se sentó en la silla y con torpeza se acomodó los lentes.

—Lo siento —susurró—. Discúlpame.

—¿Por qué te disculpas? —Yo acababa de comer, o casi cenar, y el plato vacío estaba frente a mí, encima del manuscrito, con un pedazo de lechuga y una rebanada de limón.

—No sé, ¿por quedarme dormido? No era mi intención, te juro que…

—No tiene nada de malo. Ahora que estás despierto, ¿quieres un poco de café?

Se sacudió una pelusa invisible de la ropa y asintió con vehemencia. Entonces lo dejé solo por un momento para entrar y servirle una taza. Pepper-Man estaba esperándome en la cocina, recargado sobre la mesa.

—¿Qué quiere? —Ladeó la cabeza en dirección al vestíbulo.

—Aún no sé. —Serví el café—. Hay que ver, ¿no?, esperar a que hable.

—¿Para qué te busca? ¿Por qué no va con tu madre? Tú no tienes por qué ayudarlo. —Pepper-Man parecía nervioso, tenso, quizá preocupado.

—Soy su hermana y Mara es mi hija. Él también puede ver cosas. ¿A quién más podría recurrir?

—No sé, pero te veo preocupada y no me gusta verte así.

—Tal vez deberías hablar de esto con Mara, ella es la que me causa esta preocupación.

—Ya sabes que Mara dejó de escucharme hace muchos años.

—Exactamente, lo único que puedo hacer para evitar más daño es escuchar lo que mi hermano tiene que decirme y ayudarlo si puedo.

—Me parece que las cosas se están complicando, Cassie. Ese hombre huele a sangre y a miedo.

—Ni siquiera tú conoces el futuro. Quizás esta vez podamos sofocar el fuego antes de que empiece.

Él sacudió la cabeza.

—Lo veo difícil, ya está encendido.

—Solo la sientes a ella.

—Sí, así es, y ese hombre que está allá afuera también se calcinará con ella.

—Ese hombre todavía tiene pesadillas contigo. ¿Qué daño podría hacer?

—Tommy Tipp también era un hombre inofensivo, y recuerda todo el dolor y tristeza que trajo consigo.

—Eso fue diferente. —Tomé la taza de Ferdinand de la mesa—. Tú eras Tommy Tipp.

Tras salir al vestíbulo le di el café a mi hermano y me senté frente a él.

—Ella regresó —dijo, como era de esperarse.

Reprimí un suspiró y de repente me sentí muy vieja y cansada.

—Continúa.

—Regresó cuando yo estaba jugando, pero esta vez había cerrado las puertas, así que tocó…

—¿Y?

—La dejé entrar, no pude evitarlo; es mi sobrina y creo que me siento un poco avergonzado… No… muy avergonzado por haberla tratado tan mal, aunque ninguno de nosotros supiera de su existencia.

—Es comprensible que te sientas así, pero no tenías manera de saberlo y, como sabes, aunque la invitaras a la cena del domingo ella en realidad no estaría ahí.

—Pero ¿qué es ella? ¿Qué son las hadas? —Tenía los ojos muy abiertos, implorantes.

—No son nada —le dije—. Nada que podamos definir. Viven en grietas y espacios angostos, entre el día y la noche. Son seres crepusculares, no están realmente vivas ni muertas.

—Gracias —dijo con solemnidad—. Eso es de mucha utilidad.

Me reí entre dientes.

—Preguntaste y te contesté. Tú y yo, hermano, somos frutos de sombra, crecimos en el crepúsculo. Siempre pensé que yo fui la única que creció así, pero resulta que a ti te pasó lo mismo. No pertenecemos a ningún mundo y por eso somos presas de las hadas.

—Sin embargo, a ti no parece molestarte.

—Me molestó, me molesta, pero de nada sirve resistirse. Un hombre que nació sin un brazo no se pasa la vida deseando uno; aprende a usar el que tiene. Eso hago, aprendo a arreglármelas con lo que tengo, y ¿sabes?, quizá es suficiente ese único brazo. Tal vez con ese brazo puedo hacer trucos, cosas fantásticas que nadie ha visto antes. Así es como tienes que pensarlo, como una discapacidad con la que vives, y quizá hasta puedas transformarla en una ventaja.

—Mara no piensa así.

—Mi hija no conoce nada más ni sabe lo que quiere.

—Se siente abandonada.

—Eso sí.

—Dice que si pudiera le gustaría ser como yo, como nosotros, e irse a vivir conmigo a mi casa.

—Pero tú no quieres eso, Ferdinand. En realidad no lo deseas.

—Pero debe haber una manera de hacerlo, si lo desea tanto. Tú lo hiciste con Tommy Tipp, él siempre fue un hada.

—Entonces Mara tendría que comenzar por comerse el corazón de alguien, como Pepper-Man lo hizo con el de Tommy y, como sabes, el hechizo no duró a pesar de que Pepper-Man es fuerte y mayor.

—Parece estar muy molesta de ser lo que es y hasta por haber nacido. Se siente culpable de haber crecido dentro de ti cuando claramente no era tu elección.

—Ella piensa que la llevé a la colina para ocultarla, pero lo hice para que pudiera vivir. Ella no era apta para este mundo, Ferdinand. La perdí.

—En *Extraviada entre hadas: un estudio de la psicosis inducida por trauma*, el doctor Martin dice que ellos lo hicieron, mamá y papá…

—¿Cómo se sintió mamá con el hecho de que tú leyeras el libro?

—No sintió nada, no sabe que lo leí.

—¿Por qué lo leíste?

—Creo que para tratar de entender lo que te sucedió y también mis recuerdos infantiles. Esa cosa que vi…

—Pepper-Man.

—Sí, esa cosa…

—Esa cosa quizá está escuchándonos. Creo que deberías saberlo, no quiere que me involucre esta vez. Quiere que Mara y tú se las arreglen solos.

—¿Por qué?

Me encogí de hombros.

—Se preocupa por mí.

—Claro que debería preocuparse, si tú le permites vivir.

—No es tan sencillo, Ferdinand. Él bien podría haber encontrado otra fuente de vida, pero estos lazos son profundos, hermano mío, casi se confunden con el amor.

—No puedes amarlo. Te maltrató de niña, siempre se aprovechó de ti…

—Bueno. —Entrecerré los ojos por el sol—. Si les das la oportunidad, todos lo hacen, ¿no?

—¿Quiénes son ellos?

—La gente, las hadas; todos tenemos que vivir. Allá afuera el mundo es voraz. Todos comemos algo, ¿no?, no consultamos con el lechón antes de asarlo y servirlo con gravy.

Esa se había convertido en mi metáfora favorita.

—No puedo creer que te compares con un lechón asado.

—Bueno, así es. Soy muy pragmática.

—Pero esas historias sobre mamá y papá, en especial las del libro, ¿son ciertas? Al parecer Mara piensa que sí.

—¿Tú qué crees?

Me cubrí los ojos con una mano para tapar el sol.

—No sé qué pensar. En el libro hay dos historias, y ahora que sé de cierto que Pepper-Man es real, casi quiero creer que él lo hizo, que él te embarazó.

—Eso pondría a Mara en su lugar.

—Lo haría, ¿verdad? —Pareció reflexionar al respecto—. No tendría sentido renegar de sus confines si Pepper-Man fuera su padre de verdad.

—Ella eligió creerle al doctor Martin, aunque no le caía bien.

—Un hada que le cree a un hombre, ¿qué tal? Por alguna razón me parece extraño.

—Sin embargo, es lo que hizo ella.

—¿Y tú, Cassie? ¿Sigues confundida?

Me tomé un momento.

—Tal vez decidí que no importa. Quizá que algo sea cierto no quiere decir que otra cosa es falsa.

—Eso es típico de un hada — contestó él—. Muy ambiguo.

—Así es como lo hacemos nosotros, los frutos crepusculares. Decidimos no decidir porque, tan pronto como lo haces, algo pasa y las cosas vuelven a cambiar. Es mejor ser firme y quedarse en medio.

—¿Así que no compartes la sed de venganza de Mara?

—¿Qué bien haría eso? No la hará humana, no la sacará de la colina.

Me dolió el corazón al decirlo en voz alta.

—¿Qué crees que hará mi sobrina?

—Dime tú; es a ti a quien busca. Ve en ti a un cómplice.

—¿En realidad lo crees?

—Sí.

—¿Debería ofrecerle que se alimente de mí? ¿Eso la haría más humana, la haría más como yo?

—¿Por qué querrías eso?

—Bueno, es que no hago mucho en la vida, de esa manera al menos podría serle útil a alguien.

—Y serías vulnerable. Mira lo que me pasó.

—Pero ¿eso la ayudaría? —Su mirada era implorante.

—Para ser franca, creo que está demasiado enojada como para aceptar soluciones rápidas. Aunque ella se deshiciera de su halcón por ti, seguiría sacando chispas y resultaría contraproducente para ti, Ferdinand. Te causaría mucho dolor.

—¿Y si le diera mi corazón para que ella pudiera vivir en un cuerpo parecido al mío durante un tiempo?

—¿Le darías tu corazón para que se lo comiera?

—Sí.

—¿Por qué querrías hacer eso, Ferdinand? No es tu culpa que ella sea como es.

—Recurrió a mí, ¿no? Me buscó para pedirme ayuda.

—¿Tan poco valoras tu vida?

—Creo que la de ella vale más.

Entonces entendí con claridad por qué Mara fue a verlo. Ella debió haberlo observado, lo siguió y advirtió que estaba listo para ese tipo de cosas. Era un hombre sin propósito, un alma noble con un gran corazón y una conciencia cargada de culpa y ella podría aprovecharse de eso. Podría usar a un hombre que literalmente estaba deseoso de poner su corazón en sus manos. Para ella, él era como el barro, maleable y suave. Podría hacer de él un guerrero, un sirviente leal hasta los huesos.

—No dejes que te use —dije. Sentía los labios rígidos y la boca seca—. No dejes que te convenza de nada.

—En serio quiero ayudar.

—No tienes la culpa de lo que pasó cuando éramos niños. La crueldad de nuestro padre no es falta nuestra, así como tampoco lo es la maldad de nuestra madre. No podías levantar la voz ni salvarme. Aunque hubieras insistido en que viste a Pepper-Man no te habrían creído. No podías hacer nada, hermano, así que por favor no pienses en sacrificarte para tratar de arreglar las cosas.

Guardó silencio durante unos momentos.

—Se siente muy sola, incluso entre los de su tipo.

—¿No nos sentimos así todos? —Mi voz sonaba seca.

—Pero Mara me necesita —insistió.

—Igual que una araña necesita volar.

—Es tu hija, Cassie. ¿Cómo puedes hablar así de ella?

—La conozco desde que nació y la amo con todo el corazón, así que sé cómo es.

—Pero quiero ayudarla…

—No lo hagas.

—Pero sí quiero…

—No lo hagas.

Me dirigió una mirada triste y acusatoria.

—¿Es todo lo que vas a decir?

—Sí. Conozco a esos seres mejor que tú y sé lo que vale una vida, no tires la tuya a la basura por un fin inútil. Mi hija está desorientada; eso es todo, nunca debió acudir a ti.

Aquella noche, con una sensación de malestar en el estómago, dejé que se fuera. Pepper-Man vino a abrazarme cuando vio que las luces traseras de su auto desaparecieron del camino.

—Así que ya empezó —dijo mi amante.

—Eso parece. —Me sobresalté al percibir la fatiga y el miedo en mi voz.

—Entonces, ¿quiere comprometerse con Mara y su causa?

—Lo tiene tan atado que me sorprende que pueda caminar y hablar sin su ayuda. Ferdinand no tiene nada que valore por sobre todas las cosas, ¿sabes? Nada.

—Ahora la tiene a ella.

—Sí, y me imagino lo que le dice, que solo él puede ayudarla, que él es el único destello de esperanza en un mundo que la arruinó y la relegó al bosque…

—Lo va a destruir.

—Lo dejará seco.

—Tal vez, si tiene suerte, morirá a manos de ella.

Pepper-Man y yo estábamos muy orgullosos de nuestra niña.

A menudo me he preguntado cómo el doctor Martin, si hubiera estado vivo para presenciar lo que sucedió después, habría alterado la historia para ajustarla a su verdad. Sin duda habría dicho que Mara era mi arma, una parte de mí misma que no quería aceptar, así que me separé de ella y la llamé hija.

Una hija que se vengaría por mí.

Aunque no lo hizo, ¿o sí? Ni su nombre ni el mío aparecen en los reportes policiales. Solo aparece el de él, el de Ferdinand. Lo usó a él para no dañarme.

Ahora lo sé.

En aquel entonces Ferdinand no podía decir nada para defenderse o para defenderme a mí o a su sobrina; mi hermano estaba muerto.

Recuerdo su ataúd: verde grisáceo. Mamá no estaba en el crematorio, quizá no pudo soportar estar ahí. Solo estábamos yo, el director de la funeraria y dos policías. Parecía un final muy triste para un alma noble. Espero que regrese planeando como una paloma, pero no creo que lo haga, nunca me pareció el tipo de persona que pelea por la vida, que se aferra a ella con todas sus fuerzas. Más bien, parecía todo lo contrario, alguien muy dispuesto a abandonar la vida, a renunciar a ella para ayudar a mi hija a poner en práctica sus furiosos planes.

El doctor Martin habría dicho que fui yo, y no mi hija, quien convenció a mi hermano. Que usé nuestra historia compartida de abuso para manipularlo y convencerlo de hacer lo que hizo. Eso fue lo que pensó Olivia cuando tuvo que renunciar a la idea de que fui yo quien llevó a cabo el acto. Para ella todo mal proviene de mí, así que dijo que yo enredé al pobre Ferdinand con mis mentiras y me deshice de él de una manera torcida y cruel. Creo que jamás se le ocurrió que él pudiera tener sus propios motivos, que yo no fui la única que sufrió en esa casa. Sin embargo, como su madre era una tierna niñita de mazapán y chocolate, nunca se enteró de nada de lo que pasó.

Nunca probó el sabor de ser un fruto de las sombras.

# XXVII

Sé lo que están pensando: ¿por qué no se esforzó más para detener a Mara si estaba tan convencida de que haría algo malo?

En realidad, sí hice todo lo que estuvo a mi alcance. Esa noche, después de que Ferdinand se fue de la casa lila por última vez, Pepper-Man y yo fuimos a la colina. Encontramos a Mara por el arroyo; se estaba limpiando los dientes con el hueso de un cuervo.

—Sé por qué están aquí —dijo al vernos—. Pero no era necesario que vinieran, no voy a escuchar sus consejos por muy sabios que crean que son.

—¿Por qué? —pregunté—. ¿Por qué te importa tanto vengarte? ¿Por qué no puedes dejar en paz a esas personas?

—Esas personas son tu familia y la mía; si yo no me encargo de ellos, ¿quién lo hará?

—Nadie lo hará, y ese es el punto. Nadie se encargará de nadie...

—¿Por qué no? —me miró fijamente a los ojos.

De pronto me quedé sin palabras; no supe qué decirle. Quizá lo que me hizo tan renuente a hablar de la familia, de ellos, y de lo que pasó en el cuarto blanco fue la manera en que me criaron, con el hábito de quedarme callada para ocultar el profundo miedo y odio que sentía.

—Ferdinand no hizo nada, él no tiene ninguna culpa y aun así te está ofreciendo su corazón.

—Y se lo agradezco mucho.

—¿Por qué lo quieres? ¿Qué tramas?

—¿Te preocupa que lo muerda?

—Sé de qué eres capaz, Mara; no necesito que me lo demuestres. Pero ¿por qué él? ¿Por qué Ferdinand? El hombre más delicado que queda…

—Porque él lo desea. —Tiró el hueso y estiró las piernas—. Quiere que infunda sangre en su insignificante vida, quiere sentir algo, mamá… y cualquier cosa es suficiente.

—¿Y a cambio qué hará por ti? ¿Qué te propones con todo esto?

—Si te dijera, tratarías de detenerme y me echarías a perder la diversión.

—Esto no es divertido, eso es lo que trato de decirte. Puedo entender que quieras vengarte, pero no que quieras destruir a un inocente…

—Nadie es inocente —dijo con pereza, arrastrando los dedos en la tierra cubierta de musgo—. Tú me enseñaste eso.

—Él solo quiere ayudarte.

—Lo sé.

—Mara, detén lo que estás haciendo antes de que sea demasiado tarde.

—¿Tarde para qué, mamá? Ya es muy tarde. —Se levantó de un salto, con los ojos llameantes—. Aquí estoy, olvidada como una muñeca de trapo en la colina, nunca he probado la sal ni he compartido tu techo, ni he sentido el sol en la frente… ¡Estaba acabada antes de siquiera empezar! Desde el principio no fui nada, y debiste dejar que siguiera así, ¡siendo nada!

Sacudí la cabeza, muy confundida.

—¿Cómo puedes decir eso? Al menos tuviste vida, y yo te amé mucho desde que llegaste…

Entonces soltó una carcajada seca y amarga, como las hojas de otoño.

—Te podrías haber ahorrado el esfuerzo, lo que nace de la crueldad engendra lo mismo. El amor no puede hacer que la oscuridad se convierta en luz ni que la muerte se convierta en vida. Lo que está muerto está muerto, lo que es odio seguirá siendo odio. Para esto nací, mamá, para ser tu espina.

—¡No! —Cuando dijo eso sentí como si me hubiera abofeteado, me dolió el pecho y sentí que el corazón se me abría y me inundaba con una sal amarga. Estrujé mi suéter contra mi cuerpo y me sequé las lágrimas con el dorso de la mano—. Tú naciste para ser mía —murmuré—, para ser mi hija, para que yo te amara, te cuidara y te tuviera siempre cerca.

Se paró frente a mí, erguida como una varilla.

—Soy tu voz cuando no hablas.

—Hablé en el libro del doctor Martin...

—Soy tu mano cuando no usas el puño.

—Esto no tiene ningún sentido, Mara. La ira no te llevará a ningún lado...

—Soy tu cuchillo cuando no cortas.

— Mara, sé que te va a destruir... Nunca debiste acercarte a ese malvado.

—Pero haré lo que debo hacer —dijo ella—. Cuando tú no lo hagas.

Hasta entonces Pepper-Man no había intervenido, pero en ese momento se acercó a nosotras en el arroyo. Recuerdo que el agua de la corriente se arremolinaba y el aire de la noche aún estaba espeso por el calor. Sobre nosotros colgaba la luna llena y madura, fruta pálida como yo.

—Ella no quiere que lo hagas —le dijo Pepper-Man a mi hija—. No desea que te acerques a ese hombre ni a su hermano Ferdinand.

—No tiene derecho a impedírmelo, también son mi familia; tengo voz y voto en el asunto.

—Claro que no. ¿Cómo podrías tenerlos? Ellos son de carne y hueso, les corre sangre por las venas, y tú estás tan seca como una raíz. No tienes voz ni voto, no estás viva.

Cada palabra que le dijo me golpeó como un puño, fueron palabras duras y crueles. Vi que Mara parecía desmoronarse ante él, pero entonces, desde las profundidades de su pecho, siseó:

—Mira quién lo dice, ladrón de niños. Tú que la llevaste de la mano al bosque cuando apenas era una niña pequeña, tú que guiaste cada uno de sus pasos en el camino hasta tomar el lugar de su esposo, tú que le robaste vida para ti cuando no tenías nada. ¿Cómo te atreves a decirme lo que puedo o no hacer?

Después se le aventó a la yugular, lo juro. Se le lanzó con los dientes y las uñas afiladas como garras. Su falda se agitó por los aires, sus pies casi se despegaron del piso mientras sus ojos centelleaban con furia. Él la aventó a un lado con el dorso de la mano, produciendo un ruido que sonó como si se resquebrajara un látigo, y ella cayó en un matorral de juníperos. Desde el suelo, agachada, nos miró con los ojos en llamas a través del agua.

Entonces me dolió su pena… sentí el dolor que ella sentía…

—Bueno, ve con él —susurré, sin saber si en realidad podía escucharme o no, sin saber quién era «él»—. Ve con él y si puede ayudarte… haz lo que debas hacer para mitigar ese dolor.

Pepper-Man se quedó con la mano en el cuello, que tenía marcas con forma de medialuna que Mara le hizo al rasguñarlo, y a través de las cuales se alcanzaba a ver la materia oscura bajo su piel.

Supongo que también me sentí culpable por traerla a este mundo, a una vida que ella no quería, nacida del dolor y de la vergüenza. Tal vez tenía razón, quizá era a ella a quien le tocaba decidir y terminarlo todo como mejor le pareciera.

—Ven —tomé la mano de Pepper-Man—, deja que nuestra hija se las arregle sola.

—Pero, Ferdinand…

—Es un adulto. No podemos hacer nada para ayudarlo, no si decidió dejar de vivir la mentira.

Y así fue, Janus y Penélope, no pudimos hacer nada más que sentarnos y esperar a que llegara la tormenta. Y cuando esta llegó… fue una gran tormenta.

Qué hermosos y centelleantes relámpagos.

# XXVIII

El sueño de un reportero de prensa amarillista trajo consigo el abrupto final de nuestra familia. Así como lo leen: la violencia atacó de la nada, o al menos eso es lo que creyeron. Los dos ataúdes recibieron un trato muy diferente, a uno lo rodearon de flores y al otro no le pusieron nada de nada. Dos cuerpos bajo tierra.

Tal vez su madre les contó lo que pasó, o quizá lo leyeron en los periódicos, pero seguro saben que encontraron a su abuelo en el fondo de la fosa de los osos, clavado en unas estacas y con un enorme agujero rojo en el pecho, que había sido atravesado por otra estaca. Supongo que se imaginaron cómo se veía su abuelo inmovilizado con las estacas.

Yo no lo vi, pero también me lo puedo imaginar perfectamente con la barba manchada de sangre, los ojos rojos, la pijama de rayas grises completamente manchada de rojo carmesí, y con el rifle tirado a su lado, inservible. Donde tendría que haber estado el corazón, solo se vería piel y cartílago, desgarrado y roto, rojo, rosa y blanco.

La estaca entró y salió.

Les dije antes que la última vez que vi a mi hermano fue ese día en el vestíbulo, pero esa no fue la última vez que hablé con él, ya que la noche en que pasó todo me llamó, creo que para ponerme sobre aviso de lo que había pasado, por eso no me sorprendió para nada que la policía tocara a mi puerta.

—Todo acabó —dijo Ferdinand cuando contesté el teléfono. Su voz se oía desbordante de emoción.

—¿De qué hablas? —Sentí frío.

—¡Está muerto! Vi cómo se fue.

—¡Ay, no! —exclamé casi sin aliento, pero no de pena, por supuesto, sino por las implicaciones que eso tendría, lo que le causaría a mi niña y lo que le sucedería a él. Una pequeña parte de mí incluso se preguntó qué pasaría conmigo. En mi mente volví a verme en la cama del hospital, con la charola con comida y una taza de plástico con las pastillas blancas y amargas a un lado.

—¿Qué hiciste? —le pregunté a Ferdinand—. ¿Qué hizo ella?

—Lo atrapó. —Sonaba fascinado.

—Lo atrapó… ¿Cómo?

—Anoche vino a verme, me pidió que la ayudara a cavar un agujero en mi jardín.

—¿Un hoyo?

—Sí, lo hice y me divertí al hacerlo.

—Hermano, cavar un agujero no es divertido, creo que le ha faltado diversión a tu vida.

—Fue divertido porque lo hice con ella —insistió Ferdinand—. Nos reímos, cantamos y me contó muchas historias increíbles…

—Me imagino.

—… sobre el bosque, las colinas y los lugares a los que fue con su halcón.

—¿Y?

—Luego saqué una botella de vino y tomé unas cuantas copas mientras tallábamos las estacas.

—¿Tomaste vino mientras confeccionabas las armas para matar a tu padre? —No supe si reír o llorar.

—Sí. —El tono exuberante de su voz menguó—. También hicimos agujeros en el fondo del hueco para plantar las estacas.

—Sí, ¿y?

—Ella cortó un abedul joven y le quitó toda la corteza para hacer una estaca.

—¿En serio? —Sentí náuseas.

—Después, cuando se acercaba el amanecer, me dijo que durmiera un poco porque esa noche sucedería todo. Tomó la estaca y no sé qué hizo con ella, pero cuando regresé estaba negra, llena de palabras.

—Seguramente eran palabras del libro *Extraviada entre hadas: un estudio de la psicosis inducida por trauma*.

—Sí, ¿cómo lo supiste?

—Ay —suspiré—, tuve una corazonada. —Ese libro se volvió el símbolo mismo de todo lo que Mara odia—. Y luego, ¿qué pasó cuando regresó ella?

—Me dijo que fuera a decirle a papá que había un intruso en mi… en su propiedad. Me pidió que le dijera que había una mujer loca…

—¿Y lo hiciste?

—Sí. Entré con la llave de repuesto y lo desperté con cuidado para no despertar a mamá. No queríamos que ella saliera, solo nos causaría problemas innecesarios…

—Claro.

—Vino enseguida, moviéndose con pesadez en su pijama, y hasta llevó consigo su viejo rifle. Ya sabes, siempre le gustó cazar. Cuando llegamos al jardín, él la vio. Cassie, te juro que la vio bailar bajo la luz de la luna menguante. Ella bailaba, se reía y lo atraía. «Ven por mí, viejo, veamos si todavía puedes, lombriz despiadada, oso sucio». Siguió diciendo ese tipo de cosas. Era una vileza, pero lo que no entiendo, Cassie, es cómo fue que él pudo verla…

—Las hadas tienen trucos…

—¿Crees que él podía ver como vemos nosotros?

—Lo dudo.

—Pero no estás segura, ¿o sí?

—No.

—De todas formas, al final se hartó de las provocaciones y se lanzó hacia ella, bramando desde el pecho. Fue tan escandaloso y feo que creí que todos los vecinos se despertarían y llegarían corriendo.

—¿Y no lo hicieron?

—No, y tampoco vinieron cuando cayó en el hoyo, aunque al caer hizo mucho más ruido. Esos gritos, Cassie, esos gritos… y el mugrero ahí abajo… No creí que pudiera haber tanta sangre. No sabía que pudiera brotar de tantos lugares a la vez. Cassie, pienso que —se le quebró la voz—, pienso que antes de eso no creí que realmente lo haríamos, que no me había dado cuenta de en qué me había comprometido, que en verdad íbamos a hacerlo… matar a papá…

—¿Qué pensaste que iba a pasar, que Mara y tú iban a sentarse a tomar vino y a tallar estacas bajo la luna solo por diversión? —Mi voz temblaba sin que pudiera hacer nada para impedirlo, me era imposible guardar la calma.

—No, solo pensé…

—No, en realidad no pensaste, ¿o sí?

—Entonces ella tomó la estaca, que estaba tirada en el pasto cerca del agujero, la levantó y de un solo golpe acabó con los gritos. Así de fácil. Ella debe ser muy fuerte.

—¿Estás diciendo que…?

—Creo que se la clavó en el corazón, porque después de eso sólo se veía un gran hoyo negro en el lugar en donde este debió haber estado…

—Tal vez nunca tuvo corazón.

—Después vomité en el macizo de flores. La cabeza me daba vueltas.

—¿Y ella?

—Se rio y se declaró a mano. «Ojo por ojo», dijo, y desapareció en el bosque como siempre.

—Sí, es lo que hace. Y ahora tienes un muerto en tu jardín. ¿Qué vas a hacer con eso?

—Creo que rellenar el agujero y plantar algunos tulipanes. Tendré unas lindas flores en la primavera.

—Tan fácil como eso, ¿no?

—¿Qué más tendría que hacer? ¿Llamar a la policía o a mamá?

—¿Qué dice Mara?

—Nada. No ha regresado desde que se fue al bosque.

—Tal vez esté por ahí, hermano. Si regresa, por favor no la dejes entrar.

—¿Por qué no? —Otra vez se escuchó un temblor en su voz. Quizá, en cierto modo, también sabía que después de la noche que compartieron no estaba a salvo a su lado—. Deberías estar complacida, aunque sea solo un poco —dijo al fin cuando el silencio entre nosotros se extendió.

—¿Por qué?

—El oso desapareció y con ello el dolor que sentía ella.

—Si de verdad lo crees, eres un tonto. Un dolor como ese no desaparece y ella también es una tonta por creer que desaparecería haciendo lo que hizo. La adrenalina del asesinato se esfumará y ¿luego qué? Aún tendrá una larga vida por delante.

—No harás que lamente haberla ayudado. —Sonaba como un niño.

—Aún no —le advertí—. Aún no lo lamentas, pero eso no significa que no te vayas a arrepentir.

—Eso no quiere decir que lo vaya a lamentar.

—Como quieras. —Me di por vencida—. Estoy segura de que te sientes como un gran caballero, pero ahora date prisa, que la noche se va a terminar y aún tienes que rellenar un agujero.

—Sí, sí, en realidad todo se echaría a perder si nuestra madre llegara y lo viera ahí abajo.

Una vez más sentí escalofríos.

—Sí, querido hermano, eso pasaría.

—No esperaba que hubiera tanta sangre, y los ruidos que hacía…

—Ve, ve, ve a rellenar ese agujero.

—Sí, Cassie, tienes razón, debo irme a rellenarlo. Lo haré ahora.

—Mi buen Ferdinand, hazlo cuanto antes.

Esa fue la última vez que hablamos.


Sin embargo, nunca rellenó el agujero, ¿o sí? Algo pasó entre el momento en que colgamos y el momento en que lo encontraron, y eso evitó que saliera a terminar el trabajo.

¿Podría haber funcionado?

Es posible.

Tal vez llenar el agujero y plantar tulipanes era la decisión correcta. Quizá mamá pasara por alto el hecho de que su auto seguía en el garaje y su saco en el perchero y pensara que la abandonó…

No, no habría funcionado.

Ferdinand estuvo perdido desde el momento en que decidió seguir a Mara. Después de lo que presenció no había vuelta atrás, no había retorno. Es difícil ser el caballero de una reina cruel.

Sin embargo, a mi madre no le tomó mucho tiempo encontrar a su esposo en el jardín de su hijo. Según la policía y los periódicos, mi madre se levantó, advirtió que mi padre no estaba, hizo café y se puso un chal sobre la bata. Después tomó dos tazas y caminó hacia la casa de Ferdinand para preguntarle si lo había visto. En ese momento, me parece, aún creía que papá había salido a cazar palomas porque vio que no estaba el rifle. Tomó un atajo a través de los jardines y, como no estaba vestida apropiadamente, pensó en escabullirse por la puerta trasera y despertar a su hijo con un café recién hecho. Pero mientras caminaba hacia allá sus ojos de lince advirtieron algo raro: un montículo de tierra que no tendría por qué estar ahí, y un hoyo recién cavado en el pasto. Se preguntó entonces qué demonios estaría sucediendo, pues sabía que el jardín estaba perfectamente bien, así que con las tazas en la mano se dirigió al agujero y se asomó, y vio aquel espeluznante escenario. Vaya que encontró a su marido, perforado y mutilado por las estacas de madera, y sin corazón porque este había desaparecido, si es que acaso alguna vez tuvo uno.

Mamá gritó, tiró el café, corrió hacia la puerta del patio de Ferdinand, golpeó las ventanas con los puños y lo llamó para que la dejara entrar.

—¡Acabo de encontrar a tu padre muerto en el patio! —exclamó.

Aún no lo llamaba asesinato. ¡Imagínense! Aunque su esposo yaciera muerto en su jardín aún no sospechaba que su hijo estuviera involucrado. Como advirtió que estaba muerto, no consideró llamar a un médico o a una ambulancia. Me imagino que porque vio el hueco en su pecho. No se puede estar más muerto si no está el corazón.

Como Ferdinand no respondió, no se escabulló por la puerta trasera como había planeado, sino que regresó a su casa y llamó a la policía. No sé qué les dijo; solo supe que en primera instancia lo consideraron un accidente. El señor Thorn había tenido un accidente. Sin embargo, cuando llegaron al lugar, de inmediato lo reportaron como asesinato. El foso en sí era una trampa letal, y el arma que había atravesado el corazón de la víctima no estaba en la escena del crimen.

Tocaron la puerta de Ferdinand varias veces durante aquella primera ronda de investigaciones, retiraron el cuerpo y acordonaron el lugar. Al poco tiempo Ferdinand se convirtió en sospechoso y, aunque mi madre en ese momento estaba temblando y llorando, de inmediato aceptó dejarlos entrar, y para ello usó la llave de repuesto de mi hermano.

Entonces lo encontraron, por supuesto.

Muchas veces le he preguntado a Mara qué pasó esa noche, por qué Ferdinand no rellenó el agujero. Su respuesta es que no sabe, dice que ella no regresó, pero sé que miente. Lo sé porque además de la estaca ensangrentada que encontraron debajo del cuerpo colgado, también encontraron un anillo de hongos que brotó de pronto en el suelo de la sala de mi hermano. Nunca les contaron eso, ¿verdad?, no les hablaron de la repentina infestación de hongos en su casa, unas setas de un color blanco aperlado que aparecieron de la noche a la mañana y que, según el personal de servicio, no estaban el día anterior. Yo lo supe porque fui al triste funeral de Ferdinand y escuché a los oficiales de policía hablar de eso. Ellos no le encontraban sentido, pero yo sí se lo encontré.

Después de que encontraron a Ferdinand, se volvió evidente que se trataba de un caso para la policía, en especial porque la estaca tenía inscripciones de citas desagradables del libro del doctor Martin. Determinaron que Ferdinand se tomó a pecho lo que decía el libro y que este había «arruinado su vida» al convertirse en su verdad, que por eso mató a su padre y después se suicidó.

# XXIX

Cuando por fin llegó la policía a la casa lila hacía mucho que había pasado el mediodía. Me encontraron sentada en el vestíbulo haciendo crucigramas, aunque en realidad solo estaba mirando el camino. El día era frío y yo me había envuelto en un cobertor de punto; una nube de vapor se elevaba desde la taza de té frente a mí. Me había sentido fatal todo el día, sentía en los huesos que algo iba a salir mal. No sabía que Ferdinand no había rellenado el agujero ni lo que pasó después. Hasta donde sabía, era posible que la policía pensara que mi padre desapareció.

Pronto me enteré de que las cosas se agravaron.

El oficial de policía que venía manejando el vehículo era un hombre grande de barba roja que recordé haber visto durante el juicio. Él fue el primero en llegar a la escena después de que descubrieron los restos del que creían que había sido Tommy Tipp. En ese entonces era un novato, estaba más delgado y en mejor forma, y tenía el cabello más brillante y grueso. Le llamaban oficial Parks. La otra oficial era una mujer bastante joven y de piel oscura que dijo llamarse Amira. Creo que ella era la que debía consolarme si me derrumbaba al escuchar las noticias.

Se pararon frente al vestíbulo donde estaba sentada. Parks jugueteó con su cinturón, como hacen todos los policías.

—¿Usted es Cassandra Tipp? —preguntó Amira.

—Es ella —Parks refunfuñó a su lado.

—Temo que le tenemos malas noticias —dijo Amira.

—¿Podemos entrar o… sentarnos con usted?

Asentí, no me gustaba a dónde iba todo esto.

—¿De qué se trata? —Mi voz era aguda, pues estaba intentando reprimir las descargas de miedo—. ¿Qué sucedió?

Ambos oficiales se acercaron despacio, con solemnidad, y luego se dejaron caer en mis sillas de mimbre.

—Señora Tipp —dijo Amira—, lamento informarle que su padre y su hermano fallecieron anoche.

—¿Qué? —Se me escapó; no lo vi venir. Al menos no la parte de Ferdinand—. ¿Por qué? ¿Qué pasó?

—Aún no estamos seguros. —Amira se veía agotada—. Encontramos a su padre en el jardín de su hermano, y su muerte fue… bastante violenta. Por desgracia, y por su subsecuente suicidio, todo apunta a que su hermano estuvo involucrado en el crimen.

—¿Suicidio? —murmuré, y por mi mente desfilaron pensamientos que era mejor no expresar.

—Su madre no está de acuerdo. —Los ojos oscuros de Parks miraron a lo largo de la mesa sin parpadear. Así que se acordaba bien de mí y recordaba a Tommy Tipp—. Y cree que usted podría estar involucrada en esto. —Ignoró la mirada acusatoria de Amira—. Que de alguna manera usted es responsable de ambos decesos.

—¿Yo? ¿Por qué? Apenas he hablado con ellos en los últimos treinta años o más.

—¿Así que no estaba al tanto de algún desacuerdo entre ellos? —Las mejillas de Amira se enrojecieron, supongo que de pena ajena por Parks.

—No, no le hablo a ninguno de ellos, le puede preguntar a quien sea. De hecho, me sorprende que mi madre recuerde mi nombre.

—Ella asegura —intervino Parks otra vez— que alguien ayudó a su hermano. Su padre murió de manera violenta, como le comentamos, y quien lo asesinó requirió tener ciertas habilidades, como el tallado de madera y la fabricación de armas, las cuales su madre asegura que Ferdinand no poseía.

—Por un tiempo construyó cercas. —Intenté darles algo útil—. Pero, como dije, no lo conocía bien, así que ignoro cómo pude haberlo ayudado.

—Sin embargo, usted escribe libros sobre varios temas, ¿no? Debe saber muchas cosas que se podrían usar para hacerlo —continuó Parks, y las mejillas de Amira se enrojecieron aún más.

—Debo decir que escribo muy poco sobre tallado de madera y confección de armas. Casi siempre escribo sobre playas y bebidas de frutas.

—Pero usted no es ajena a la anatomía humana.

—Bueno, a veces mis historias suben de tono, pero como bien sabe, oficial Parks, soy viuda desde hace un buen rato.

—Sabe muy bien a qué me refiero. —Su barba subía y bajaba con cada respiración mientras hablaba.

—Dígame cómo murió mi hermano. —Estaba ansiosa por regresar al tema.

—Se colgó de una viga del techo —gruñó Parks.

—Lo lamento mucho, mucho… —murmuró Amira.

—El arma asesina estaba ahí, junto a él —dijo Parks—. Tenía inscripciones en todas partes, citas de un libro sobre hadas.

—¿Qué?

—Ese libro sobre hadas, el que escribió el doctor que la trató a usted.

—¿El doctor Martin?

—Ese, y su madre jura que usted fue quien escribió los garabatos en la estaca.

—Sin embargo, están escritas de manera caótica —agregó Amira—. Es difícil saber lo que dicen, con tanta… materia.

—Estoy segura de que no es posible que mi madre recuerde las formas y las florituras de mi letra.

—Lamentamos mucho traerle tan malas noticias —intervino Amira de manera repentina—, y también tener que preguntarle estas cosas.

—Como les dije, no éramos cercanos.

—Pero…

—Nuestro hogar no era feliz. —Seguí tratando de alejarlos de la verdad sin decir mentiras, nada más—. Durante nuestra infancia hubo mucha discordia, pueden leer al respecto en el «libro de las hadas».

—Gracias —dijo Amira—. Eso haremos.

Parks solo respondió con un gruñido.


—¿Por qué el corazón? —le pregunté a Mara cuando por fin reapareció. Estaba sentada en mi cocina, hojeando una revista sobre la vida silvestre, como si nada hubiera pasado.

—Es una manera muy efectiva de matar.

—Sin embargo, eso de cavar el agujero implicaba mucho trabajo, insertar las estacas…

—Era un hombre grande y no quise arriesgarme. Ahí abajo quedó completamente atrapado, en una posición que no permite escapar, también funciona muy bien con osos de verdad.

—¿Y qué pasó con Ferdinand?

—¿Cómo que qué pasó con él?

—Bueno, también murió, ¿no?

—Eso parece.

—Se suicidó, Mara, y eso no es bueno.

—Debió rellenar el agujero primero.

—Sí, debió hacerlo, ¿por qué no lo hizo? —Me dejé caer en la silla frente a ella, con delicadeza le quité la revista de las manos para obligarla a mirarme. En las lustrosas páginas unos ciervos se estaban peleando y sus cornamentas entrelazadas parecían una maraña de huesos.

—No lo sé. —Se encogió de hombros—. Tal vez se asustó. Creo que se sintió mal al verlo.

—Bueno, sí, quizá fue por eso, ¿no? Un hombre mayor con el cuerpo perforado…

—Yo no lo obligué a nada.

—Pero regresaste, ¿no? Estuviste ahí cuando Ferdinand murió.

—No.

—¿Y por qué la estaca estaba ahí y por qué había un aro de hongos en el piso, Mara?

—Yo dejé la estaca cuando me fui, lo otro creo que deberías preguntárselo a tu amante.

—¿A Pepper-Man?

—El mismo.

—¿Por qué habría de hacerlo?

—Bueno, si no fui yo, alguien más tomó un gran riesgo, fue a ver a tu hermano, lo colgó y dejó huellas en el piso…

—Ay, no —dije—. No me harás culpar a Pepper-Man de esto. Estás enojada con él porque te golpeó.

—Bueno, si lo piensas bien, esa fue la mejor manera de protegerte, ¿no crees? Sembrando con firmeza la culpa en Ferdinand… Y ¿quién en el mundo ansía más protegerte que la criatura que se alimenta de ti?

—Eres astuta, hija mía, pero no te voy a seguir el juego, no esta vez. Pepper-Man sabía que no quería que Ferdinand saliera lastimado…

—¿Y cuándo le ha importado lo que tú quieres? Él es egoísta en todo sentido, y tú misma lo has dicho muchas veces. Tal vez Pepper-Man pensó que era mejor que muriera y decidió eliminarlo sin tomar en cuenta tus sentimientos.

—Él no me haría algo así…

—Claro que sí.

—Él es tu padre…

—No, no lo es. No tengo padre. Ya no. —Una pequeña sonrisa se le dibujó en los labios.

Entonces me quedé mirándola un rato, viendo el cabello rebelde y las plumas desgastadas. Mi hija, mi hermana oscura nacida del dolor.

—Debiste rellenar ese agujero —dije, sin fuerzas.

—¿Qué importa ahora? Ferdinand está bien muerto.

—¿Recuerdas el color de la corbata que traía puesta cuando murió?

—Creo que era azul, con dibujos de pajaritos. —Siempre tuvo una vista excepcional.

—¿Palomas? —pregunté con el corazón en la boca.

—Creo que golondrinas. —Cuánta poesía, símbolos y señales.

—¿Qué fue lo último que te dijo?

—No habló. Tenía náuseas.

—Él no se habría llevado la estaca a su casa.

—No, no lo habría hecho, pero Pepper-Man sí, si él tuviera la culpa.

Me senté y entrelacé las manos sobre mi regazo, sintiéndome total y profundamente derrotada.

—¿Te sientes mejor, Mara? ¿Sientes que la venganza marcó una diferencia en tu vida? ¿Te liberó como esperabas?

Encogió los hombros.

—Nunca esperé que sirviera de mucho, solo era algo que tenía que hacer.

—Tu propósito en la vida, ¿no era así como lo llamabas? Entonces, ¿ahora qué? ¿Qué sigue ahora que lo cumpliste?

—Ahora —se reclinó en la silla y estiró las piernas—, seguiré adelante.


Recuerdo que una vez hablé sobre Mara con el doctor Martin. Fue después de que publicó el libro, pero en una charla informal, no una sesión.

—¿Crees que fue una coincidencia que Mara naciera después de que te llevaron a la clínica? —me preguntó.

242

—Para nada. Nació en ese momento porque de otra forma moriría.

—Tu hija, tu sombra… ¿Ese término significa algo para ti?

—No.

—Es como un gemelo malvado que vive dentro de tu mente, alguien con quien no te quieres relacionar. Es una parte de ti, aunque no quieras que lo sea. Algunas veces es pequeña, apenas existe, y otras veces es fuerte y dominante. Es la parte en que guardamos todos nuestros sentimientos y emociones no deseados, aquellos impulsos destructivos que no queremos seguir.

—Sin embargo, ella sí lo hace. Siempre sigue lo que le dictan sus impulsos.

—Porque tú no puedes hacerlo.

—Porque así es ella.

Me imagino qué pensaría el doctor Martin de todo esto. Qué preguntas me haría si se enterara de lo del foso del oso, la estaca con las inscripciones y el cuerpo de una paloma. A veces hago como que lo escucho, en mi cabeza lo oigo decir:

—¿No será posible, Cassie, que hablaras con tu hermano sobre lo que pasó en el hogar de su infancia y ambos idearan este plan, justo como creen tu madre y hermana?

—No —le respondería—. Nunca he sido vengativa.

—Sin embargo, le heredaste la venganza a Mara, ¿no es así?

—Eso solo fue mala suerte —diría—. Nunca quise que Mara se enfrentara a todo eso.

—¿No? ¿Ni siquiera en lo más profundo de tu ser? ¿No es una característica muy humana buscar la venganza, o la justicia, como la llamamos hoy en día? ¿No es posible que después de una traición tan incrustada en nuestro interior busquemos restaurar nuestro ego y nuestra alma? ¿No es posible que la necesidad de venganza se abra camino, sin importar cuán profundamente la hayamos enterrado?

—Depende de la persona, supongo… —diría.

—Exactamente… Y tú, Cassie, ¿qué tipo de persona eres? ¿Eres alguien que sabe cómo evitar sentir la necesidad de contraatacar si te golpean? ¿O encuentras otras maneras de desquitarte?

—¿Teniendo una hija vengativa, por ejemplo?

—Exacto, teniendo una hija con alma aguerrida.

—Nunca quise hacer algo así —diría otra vez.

—Tú no —contestaría él—, pero ella sí.

# XXX

Supongo que me considerarán tibia por no haber sido más estricta con su prima, pero cuando se trata con hadas es preciso entender una cosa; para ellas la vida continúa para siempre y todas quedan atrapadas en la colina. No guardan rencor por lo que pasó el año pasado ni hace cien años. Para mí, esa es una de las cosas más atractivas de esa vida, la manera en que el tiempo fluye y borra todo lo que ya fue; lo único que importa es el aquí y el ahora.

Solía encontrar consuelo pensando así y eso fue mi salvavidas durante muchos años. Mi pasado no me definió mientras viví entre las hadas, nada de lo que me pasó me mancilló para siempre. Sin embargo, Mara no era así, ella siempre miraba al pasado. Esperaba que la cacería del oso la liberara de todo aquello, creía que después de hacerlo podría dejar de nadar a contracorriente. Pero ¿qué bien me podría hacer discutir con mi hija? Con eso no resolvería nada ahora que el daño ya estaba hecho. Ferdinand y papá habían muerto; vivir peleando entre nosotras no cambiaría eso. La policía jamás buscaría pistas entre las raíces, las piedras o en las profundidades de la colina.

—Te culpa —le dije a Pepper-Man cuando Mara se marchó—. Dice que tú colgaste a mi hermano y plantaste la estaca a sus pies.

—No me sorprende que diga eso. Está enojada porque la golpeé.

—Pero ¿lo hiciste? ¿Mataste a mi hermano?

No me contestó enseguida.

—Siempre las protegeré, a Mara y a ti, aunque no quieras que lo haga.

—Iba a rellenar el agujero.

—Y a plantar tulipanes, sí, lo sé, pero los huesos enterrados siempre murmuran, Cassandra. En un santiamén tendría decenas de flores sangrantes en su regazo, con los pétalos en forma de osos y corazones. Se propagarían como una toxina en toda la faz de la tierra, mancillarían todo a su paso con odio y violencia. Es mejor que el cuerpo esté enterrado de manera adecuada, que no sea un secreto en dónde está.

—Pero Ferdinand…

—Ahora está en paz y eso es lo que querías, ¿no?

En realidad no podía discutirle eso.

—Olivia y mi madre me siguen culpando.

—Por supuesto que sí, no serían quienes son si no lo hicieran.

—Sin embargo, Mara es mi hija, así que pienso que tienen razón hasta cierto punto. Si no me la hubiera llevado a la colina, nada de esto habría sucedido.

—¿Pero eso qué importa ahora, Cassandra? ¿El mundo es peor si tu padre no está en él?

—Pero ¿y Ferdinand?

—Él no era apto para la vida.

—Sin embargo, podría haberlo sido si…

—Ya está hecho —me dijo Pepper-Man al oído—. Todo se acabó, mi Cassandra. Ya no hay vuelta atrás.

Y era verdad.


El funeral de papá fue un hermoso desastre, como suelen ser los funerales. No esperaba otra cosa, pero sentí que debía ir a su entierro y dar todo por terminado.

La iglesia estaba llena de flores blancas; había rosas, claveles y azucenas. El ataúd estaba cerrado, como debía ser, pues la imagen de mi padre no era agradable ni cuando estaba vivo. El féretro, que yacía sobre una sábana de tul, brillaba en medio de una blancura monótona. Los ojos de mi madre estaban ocultos detrás de un velo que le caía del sombrero como una especie de ala oscura. Sin embargo, su traje era muy elegante y aún tenía una figura esbelta. Se sentó entre tu madre y tú, Penélope. Olivia llevaba un vestido negro, guantes de satén y tacones de aguja que la hacían parecer alta. Recuerdo que tú, Penélope, no ibas vestida de negro, sino de azul marino. Tal vez tu madre no pensó en comprarte ropa de funeral. Las perlas que llevabas eran antiguas, al igual que el anillo de marfil que tenías en uno de tus dedos. Recuerdo haberlo visto en el joyero de mi madre. Te lo heredaron, así que me imagino que aún lo tienes. Creo que te lo dio para asegurarse de que ninguno de sus tesoros llegara a mis manos. Y tú, Janus, recuerdo que no te vi ahí, tal vez ese día estabas enfermo o quizá no me fijé bien.

No me senté al lado de ustedes en primera fila. Me acomodé atrás, entre los conocidos menos cercanos y los vecinos de mi infancia. Mi ropa morada y mis pulseras de piedra lunar me hacían resaltar como una orquídea exótica en un mar de carbón negro y sombrío. Quienes me conocían me miraron con extrañeza. Supongo que se preguntaban por qué estaba parada allá atrás, sí, parada, porque la iglesia estaba llena de gente, tal vez por el morbo provocado por las circunstancias tan dramáticas en que ocurrió la muerte o por la tragedia familiar, como los periódicos la llamaron. En realidad mi padre no tenía tantos amigos, pero toda la gente quería ir a husmear y ver a la familia en duelo, a mi madre y a todos los demás, a cada uno de ustedes, los sobrevivientes de una tragedia familiar que terminó con sangre y violencia en el jardín bien cuidado de Ferdinand.

Fueron a meter sus narices igual que cuando Tommy Tipp murió la segunda vez.

Así es la naturaleza humana. No lo pueden evitar.

Recuerdo que durante el funeral hacía calor, y que el olor a sudor atrapado en las telas sintéticas se mezclaba sin reparo con el olor de la esencia de las rosas y el de la cera de las velas. A la mitad del servicio mi madre quizá advirtió mi presencia, porque no dejaba de voltear hacia atrás. Sus labios se veían delgados y pálidos detrás del velo.

Sin embargo, yo no dejaba de mirar el ataúd, por eso fui, para verlo bajar y desaparecer bajo tierra. Quería ver el resultado de la ira de Mara y asegurarme de que todo era verdad. Me pregunté qué sería lo último que pensó y si se dio cuenta de quién era esa niña extraña y hermosa que fue al jardín para provocarlo, si vio el parecido conmigo. Y entonces, cuando cayó y su mundo se convirtió en dolor, ¿qué pensó? ¿Tuvo tiempo de pensar? ¿Advirtió que su vida había llegado al final y entendió por qué? ¿Comprendió que su hijo lo traicionó?

Nunca sabré las respuestas a esas preguntas, pero quiero pensar que lo supo, que en esos minutos finales comprendió que su tiempo se había terminado y que el pasado volvió para cobrarle lo que debía, para sacarle el corazón con una estaca llena de palabras.

—Es la verdad —decía Mara.

—Son mentiras —decían algunos.

Afuera de la iglesia todos nos pusimos en círculo y vimos cómo el ataúd se sumergía en el foso. Se dijeron palabras y se arrojó tierra hasta que el agujero se rellenó por completo. Justo al lado de la tumba abierta había un pedazo de tierra desnuda en medio del pasto. Ahí estaban las cenizas de Ferdinand. Descansarían hombro con hombro, unidos en la muerte, lo cual creo que a ninguno de los dos le habría alegrado.

Cuando todo terminó y llegó la hora de volver a casa, mi madre se levantó el velo. Sus ojos azules como el cielo otoñal me fulminaron. Me dispuse a dar la media vuelta y marcharme, pero me llamó:

—¡Espera!

Me detuve y miré cómo se escabullía del abrazo de unos tíos bienintencionados y de su madre, quien trató de detenerla. Caminó hacia mí a través de la hierba verde, con su mirada azul cristal.

—¿Qué hiciste, Cassie?

Sonreí, no porque quisiera ser mezquina, sino porque no supe qué más hacer.

—Qué gusto verte, mamá…

—No me llames mamá. Sé lo que eres y que estás loca, pero nunca me esperé esto…

—Bueno, mamá, como bien sabes, no fui yo sino Ferdinand quien…

—Esas son mentiras. —Mi madre ya no cuidaba su forma de hablar—. Hiciste que creyera las locuras que cuentas, ¿verdad? ¿Lo convenciste de que eran ciertas las mentiras que dijo ese doctor loco?

—Nunca obligué a nadie a hacer nada. —La gente se movía a nuestro alrededor y los invitados se dirigían a sus carros. Estoy segura de que cuando pasaron a nuestro lado se aseguraron de caminar lo suficientemente cerca como para escuchar qué estábamos diciendo, pero no les prestamos atención. Con aquellos ojos vidriosos puestos en mí, me fue imposible mirar a otro lado.

—Por supuesto que sí —dijo mi madre—. Conozco bien a mis hijos. Eres persuasiva y tu hermano era débil, pero también sé que no fue tu culpa, Cassie. Fue él quien todo el tiempo te llenaba la cabeza con esas historias horribles y alteraba todo para que se ajustara a su mente sucia.

—¿Quién? ¿Papá?

—¡No, el doctor Martin! Fueron las cosas que escribió en ese horrible libro las que terminaron por matar a mi hijo. —De pronto vi que su cara se rompió en mil pedazos como si fuera una muñeca de porcelana a la que hubieran estrellado en el suelo. El rímel se le corrió y al escurrir formó riachuelos negros que iban dejando rastros de grasa en su piel polveada de blanco—.

Y encima a mi esposo. —Se atragantó—. Ese hombre horrible también te arruinó a ti, Cassie. —Intentó alcanzarme con la mano pero solo logró agarrar el aire porque retrocedí unos pasos, no quería que sus uñas color coral se posaran sobre mí, ni sus dedos viejos y arrugados, ni el aroma de las gardenias...

Alcancé a ver que los tíos se le acercaban por detrás. Olivia permanecía inmóvil, aferrada a su bolso, mirándome con sus enormes ojos de cierva. Cuando el primer tío llegó y tomó a mi madre por los hombros con delicadeza, aproveché la oportunidad para dar otro paso hacia atrás, lejos de ella y del confuso afecto que de pronto vi en su mirada.

—No fue tu culpa —dijo sin aliento, mientras la alejaban de mí.

Por la forma en que suelen ocurrir las reconciliaciones, me imagino que pudo haber sido peor. Aun así, no era en absoluto lo que esperaba.


¿Se acuerdan de algo de esto, de aquella escena al final del funeral? ¿Me pueden decir qué hizo su madre después de que me fui? ¿Lloró o se fue al auto para refrescarse y continuar el día con la cabeza en alto? ¿Alguna vez volvió a mencionarme?

Unos años después pasé por la antigua casa y vi que ya vivía otra familia ahí. Vi columpios en el jardín y un gato en el vestíbulo. La casa de Ferdinand también tenía nuevos habitantes, me imagino que se trataría de alguien con mucho estómago para vivir en el lugar donde sucedió todo aquello.

No sé adónde se mudó mi madre después de eso, pero me imagino que ustedes sí. Si sigue viva, debe tener más de noventa años y estar arrumbada en un asilo. En un lugar cerca de donde vive Olivia y quizá hasta de ustedes.

—No es importante —dice Pepper-Man cuando hablo del tema—. Siempre me tendrás a mí.

Y tiene algo de razón en eso, pero en parte también está equivocado.

—Tal vez no fui a la clínica —dije presa de uno de mis estados de ánimo retrospectivos—. Quizá inventé todo con ayuda del doctor Martin…

—¿Por qué piensas en eso? ¿Por qué es importante para ti? —preguntó Pepper-Man.

—Es importante para ellos, para mi madre, para Mara y para Ferdinand, quien murió…

—Para los muertos nada es importante, ya se fueron.

—Tú no te has ido.

—Pero yo no soy como los demás muertos.

Luego tomó mis pies cansados entre sus manos. Los dedos otra vez se le torcían, pero por la edad, no por debilidad. Masajeó las yemas de mis dedos, los callos de mis talones. Cambió un poco desde la muerte de papá, ahora es más delicado y amable conmigo. Menos un hada y más un hombre, la edad lo volvió frágil y vulnerable.

—Lo hecho, hecho está —dijo—, y no se puede deshacer.

Como la noche era agradable y me sentía con ánimos, caminamos por el jardín y reflexionamos sobre lo que fue y lo que será. Pepper-Man arrancó ciruelas y manzanas de las ramas y me las ofreció; eran gemas del otoño, dulces y jugosas.

—¿Y ahora qué pasará? —le pregunté mientras caminábamos bajo las copas de los árboles, con sus ramas enmarañadas y sus hojas brillantes, con el intenso sabor de una manzana en mi boca y su mano en mi espalda, afianzando mis pasos.

—¿Te sientes cada vez más cansada?

—Sí.

—Te llevaré a la colina entonces.

—¿Y…?

—Entrarás.

Dejó de hablar y volteó hacia mí, tomó un mechón de mi cabello blanco entre sus dedos y lo acarició como para sentir la textura y la forma en que se fue marchitando desde mi juventud.

—¿Y no volveré a salir? —El cielo sangraba en un crepúsculo violeta.

—No durante un tiempo, y cuando salgas serás diferente.

—Entonces, ¿seré como tú? ¿Tomaré la vida de los vivos?

—Cassandra, ¿qué es la vida en realidad? ¿Dirías que yo no vivo? —Levantó el mechón de cabello, se lo llevó a los labios y lo besó.

—Ya sabes a lo que me refiero.

—Sí, serás como yo.

—Me alimentaré de un caballo, entonces. —Me imaginé el viento en mi cabello al correr a través de un prado.

—Tu cara sería horriblemente larga, y si para entonces te siguen importando esas cosas...

—Entonces de un gato. —Me imaginé con un pelaje lustroso y bigotes.

—Un gato te iría bien.

—¿Seguirás conmigo?

Los ojos de Pepper-Man se encontraron con los míos. Su cara era aún suave, pero cenicienta y desgastada, un tanto más pálida, con la piel delgada como el papel. Su cabello era seco y de un color gris acerado.

—Ambos nos podemos alimentar de los gatos, juntos.

Quizá al principio, cuando entró a mi mundo infantil, no me amó, pero ahora me ama, estoy segura. No se esperaba que eso pasara, también estoy convencida de eso. Primero era solo un bocado, una tarta de fresa que tragar, pero el corazón, aunque esté muerto, no se pregunta nada antes de henchirse. Él me necesita, sí, pero también me ama más de lo que yo lo amo.

—Te conozco desde hace tanto. —Levanté el brazo y con los dedos tracé el contorno de su rostro—. Es como si fueras parte de mí, de cada uno de mis alientos.

—Somos como dos gotas de agua —respondió entrelazando sus dedos con los míos—. Siempre estaré contigo, en cada paso que des, hasta tu último respiro.

# XXXI

Y ahora han llegado a mi final, al final de este cuerpo hecho de palabras.

Janus, apuesto a que estás gruñendo desde lo más profundo de tu ser, mientras te levantas de la silla y estiras las piernas agarrotadas. Penélope, tú solo suspiras y dejas que las últimas páginas vuelen y caigan al suelo. Ahora no hay nada que puedan hacer más que cerrar la casa y marcharse, ¿o sí? Mañana temprano, frescos y listos después de una noche de descanso, irán a ver al abogado y le dirán la palabra mágica: *espina*. El sobre manila se abrirá y el tesoro será todo suyo. Sí, ustedes son mis herederos porque no tengo a nadie más, ¿no es extraño?

—¿Pero dónde está ella? —se estará preguntando Penélope mientras mira las inocentes hojas rosas en el piso, como si ellas le pudieran revelar algo.

Janus se encoge de hombros antes de contestar:

—No lo sé.

—¿Estará muerta en alguna parte? —La mirada de Penélope se posa en la ventana, en las ramas del manzano que azotan el vidrio, en los húmedos riachuelos que forma la lluvia. Quizá se imagina mis huesos completamente desnudos por el viento y la escarcha, cubiertos de hongos y repletos de hormigas.

—Nos quiere hacer creer que se fue con las hadas —dice Janus—, que montó el ciervo plateado y se fue al bosque por última vez, con el cabello gris ondeando con la brisa y seguida de su guardián mágico…

—¿Tú qué crees? —Penélope, con la boca y los ojos bien abiertos, pone cara de niña al responder.

—Pienso lo mismo que tú, que era una mujer muy confundida y murió.

—Sin duda eso es lo que diría mamá.

—Y tendría razón. ¿Viste lo que escribió?

—Pero… —Penélope está un poco cautivada. Una parte de ella siempre quiso creer en las hadas y los fantasmas—. ¿Qué tal que ella está en lo correcto y los equivocados somos nosotros?

—Penélope, esa mujer era una asesina. —Mientras habla, Janus examina todo con la mirada. Tal vez encendieron el foco para leer y la luz dorada del candelabro de latón colgado en el techo inundó la habitación, pero las sombras, que las hadas adoran porque les sirven para esconderse y para mirar desde ahí, aún sangran en las esquinas.

—No me gusta absolutamente nada esta casa. —Penélope siente que la recorre una multitud de escalofríos por la espalda—. Solo quisiera saber dónde está ella.

—Estoy de acuerdo, sería tranquilizador saber que está bien enterrada. —En su mente me ve (bueno, no a mí en realidad, porque no me ha visto en un buen rato y no sabe con exactitud cómo me veo) como una mujer de cabello azul, vestida con un suéter rosa claro y corriendo como loca en la casa armada con un hacha.

—Pasó por tantas cosas, se percibe tanto dolor aquí. —La punta de la zapatilla de Penélope toca con delicadeza las páginas tiradas en el piso—. Espero que al menos su muerte haya sido indolora, si es que está muerta.

—Claro que lo está. —Janus prefiere pensar que es así y borrar de su mente a la asesina del hacha.

—Pero entonces, ¿por qué no encontraron su cuerpo? —Penélope está pensando en el equipo de búsqueda que peinó el bosque el verano pasado—. ¿Por qué no hay rastro de ella?

—¿Será porque se fue a la colina de las hadas? —Janus busca ser sarcástico, pero el temblor en su voz lo delata, le teme a la colina. La idea de un lugar así le da escalofríos, toca una fibra sensible en él que lo hace sentir cosas que no ha sentido en años, siente que la noche es vasta y muy oscura, que algo vive en el armario.

—Pero el tío Ferdinand... ¿tú crees? —dice con asombro Penélope.

—No lo sé, Penny... Algo pasó ahí pero nunca sabremos la verdad.

—Mamá la culpa a ella, la tía Cassie tiene razón en eso.

—Mamá siempre la culpa de todo. Aunque en el caso de este lamentable desastre no creo que sea muy razonable al culparla. ¿Qué hace si se quema un fusible? Maldice a la tía Cassie y lo mismo hace si se queda sin agua caliente, como si su hermana fuera una bruja malvada que está enjaulada en el bosque y se dedica a lanzar hechizos. Si me lo preguntas, toda esa generación de nuestra familia está trastornada, pero la tía Cassie por lo menos hizo algo de dinero con ello.

—Espina —Penélope dice la contraseña en voz alta, como para saborearla.

—Solo eso. Esperemos que no nos haya tomado el pelo... Aunque estuviera viva y corriendo por algún lugar en el bosque, tenemos derecho a ese dinero porque seguimos todas sus instrucciones al pie de la letra.

—Lo sé. —La mirada vidriosa de Penélope observa el cuarto, como envuelta en un suave ensueño, lo cual hace que su hermano se preocupe.

—No crees en estas mentiras, ¿o sí? ¿Que ella tenía un compañero sobrenatural y visitaba a las hadas? Vamos, Penny, no te dejes llevar por esa locura.

—Por supuesto que no. Ni siquiera tendría sentido. ¿Por qué habría una colina mágica en el bosque que rodea S–, habitada nada más y nada menos que por gente muerta hace más de mil años? ¿De dónde salieron? ¿Había gente aquí hace mil años? Tal vez pueden viajar. —Los ojos le brillan de emoción y unos puntos rojos le colorean las mejillas—. Quizá las hadas pueden moverse y reasentarse como cualquier persona.

Janus niega con la cabeza.

—Ten cuidado, Penny. No creo que quieras terminar como la tía Cassie…

—Solo digo que sería lindo si en verdad existiera todo eso.

—Absolvería a la tía Cassie de todos los crímenes de los que la acusan, ¿no?

—Nos absolvería a todos, creo… No digo que el doctor Martin tuviera razón, pero que el tío Ferdinand se quebrara así… Tal vez había algo de cierto en lo que escribió aquel viejo.

—Que mamá nunca te escuche hablar así.

—Mamá está vieja y es prejuiciosa. Quizá deberíamos abrirnos a otras perspectivas.

—¿Cómo las que propone la tía Cassie? ¿Las de la magia de las hadas y las hijas muertas y furiosas?

—Tal vez sí, tal vez no… pero al menos deberíamos estar abiertos a la posibilidad de que algo estuviera podrido en la casa de los abuelos.

—Siempre me pareció normal, aunque los abuelos quizá eran un poco estirados.

—Sí, no eran las personas más amables.

—Pero tampoco eran violadores de niños.

—Es solo que me parece demasiado fácil culpar de todo a la tía Cassie. ¿Una persona puede causar tanto daño? Aunque esté un poco loca…

—Bastante. Piensa en Hitler.

Janus se considera muy inteligente.

—Pero todas esas ideas que ella tenía debieron salir de algún lado.

—O no. La mente es algo curioso y ella tiene un estante lleno de libros que demuestran que era perfectamente capaz de inventar cosas.

—Pretendamos por un momento que ella tenía razón, que en realidad se juntó con Pepper-Man y que todo lo que escribió es verdad. ¿En dónde estaría ahora la tía Cassie? —Penélope no puede olvidar el tema.

—Me imagino que está hibernando en la colina, a la espera de renacer como un hada.

—¿Y Mara? ¿Crees que sigue por aquí? ¿Crees que visite esta casa?

—No, ella no es real, así que para el caso no está aquí ni en ningún otro lugar.

—Es una historia terrible y cruel. —Penélope se estremece—. Debe haber sido horrible vivir con una verdad como aquella, incluso si fue una mentira.

Janus recoge las hojas de papel desperdigadas por el escritorio.

—Como sea, no nos toca juzgar. Hicimos lo que nos pidió y ha llegado la hora de marcharnos.

—¿En verdad crees que va a ser suficiente con llegar a la oficina del abogado y decir la palabra?

—Eso es lo que dice. —Golpea el montón de papel con los nudillos.

Penélope se ve un poco confundida.

—Parece tan fácil. Después de todo esto… tan fácil.

Y tiene razón.

Me complace que hayan leído hasta aquí, incluso después de descubrir la contraseña. En este momento, tras haber dejado el manuscrito en la basura, podrían ir de camino a la oficina del abogado, felices de la vida con la contraseña bailando en la punta de sus lenguas, lista para que la pronuncien. Hay una trampa, por supuesto, sería demasiado fácil si no la hubiera. Imagino lo que estarán pensando ahora, pero no se preocupen, pequeños, no les pediré que abandonen a su madre, que limpien mi nombre ni ninguna otra estupidez. La trampa tiene que ver con el dinero en sí.

Es dinero mágico.

Cada centavo de mi cuenta viene de los regalos que me dieron las hadas y, como les dije, tiene un precio. Cada regalo de un hada lo tiene, incluso por extensión.

El dinero está maldito, de forma muy literal.

Si optan por creer que estoy loca como un perro y que cada palabra que digo son los delirios de una lunática, háganlo, tomen el dinero y sigan con su vida.

Si aunque solo uno de ustedes cree que dije la verdad, mejor piensen dos veces en este regalo, pues sin duda arrastra una pesada carga.

No es que se vaya a convertir en hojas o en piedras como en los viejos cuentos de hadas; no se trata de ese tipo de dinero mágico. Más bien, es dinero que viene con hadas. ¿Qué les parece que ese sea mi legado para ustedes?

Todo aquel que guarde o gaste el dinero de mis fondos atraerá a las hadas hacia su hogar como un imán. Ese dinero es una invitación, un camino de migajas que las va a conducir a sus puertas.

Penélope, mañana que llegues a casa, después de haber pasado un agotador día en el banco para depositar todo ese dinero, un hombre de ojos rojos, con alas de murciélago, se posará afuera de tu ventana y mirará hacia adentro. Él te verá, verá tus labios rojos, verá tus zapatos de tacón alto y querrá poseer cada parte de ti, envolverte con fuerza en un abrazo de piel, saborear tu sangre oscura y tragar tu alma.

Janus, cuando entres a la regadera, después de darles a tus hijos el beso de buenas noches, vendrá una niña del agua a acompañarte y a enjabonarte la espalda. Te susurrará historias con una voz tintineante, como la luz del sol que baila en un riachuelo, y te dirá que sabes a sangre, a hueso y a médula. Arrullará a tus hijas, les cantará para hacerlas dormir y les dirá lo lindo que es vivir en esa corriente oscura y fría, y no podrás hacer nada para detenerla.

Y eso, queridos míos, es tan solo el principio. Pronto habrá hojas marchitas en su café, ramas en sus hot cakes y hongos en sus camas. El dinero tiene que estar acompañado por las hadas o no lo tendrán.

En realidad, ustedes eligen. Es una decisión que deben tomar. Crean y estarán a salvo; no lo hagan y estarán condenados. O tal vez no.

# AGRADECIMIENTOS

Cuando recién terminé el primer borrador de *Me dejaste entrar* lo leí e inmediatamente pensé que era de un gusto demasiado extraño para que se llegara a publicar. Por fortuna dejé que alguien más lo leyera antes de arrumbarlo. Si no hubiera sido por la maravillosa Liv Lingborn, quien me dijo con su voz más severa que se trataba de algo único y que debía seguir adelante, esta novela habría tenido que llevar una triste y solitaria existencia en mi disco duro y nunca hubiera visto la luz del día. No hace falta decir que estoy sumamente agradecida, no solo por el rescate, sino también por sus valiosos comentarios sobre las primeras versiones. No podría haber pedido una amiga más indicada que ella para acompañarme en este proceso.

Estoy muy agradecida con mi estupenda agente, Brianne Johnson, por creer en mí y en mi extraña novela, por su apoyo editorial y orientación, por enseñarme hábilmente los aspectos básicos del proceso de publicación. También estoy agradecida con Peggy Boulos Smith, Alexandra Levick y todas las demás personas de Writers House que trabajaron en beneficio de *Me dejaste entrar*.

Mi más sincero agradecimiento lo dirijo a mi editora, Miriam Weinberg, quien vio el potencial de esta novela y me ayudó a que lograra su mejor versión posible, y a todo el equipo de Tor que ayudó a hacer realidad este libro. Del mismo modo, agradezco a mi editor en el Reino Unido, Simon Taylor, y al resto del equipo de Transworld. Todos ustedes han hecho que este raro aterrizaje noruego sea mucho más sencillo.

También debo agradecer a mis gatos, que me inspiraron a escribir esta novela con su costumbre de traer a casa toda clase de objetos, y a mi hijo, Jonah, por su infinita paciencia y apoyo. Sepan que estoy sumamente agradecida, pero como la sabiduría popular sugiere que uno nunca debe agradecer a las hadas, me abstendré de hacerlo, por si acaso…